GERONIMO TROPPI.

GERONIMO TROPPI,

PAR

Paul de Musset.

BRUXELLES,
Librairie du Panthéon,
Rue de la Montagne, 94.

—

1851

I

Au mois de février 1843, à l'époque des grandes rigueurs de notre climat, pendant ces sombres journées où le Parisien grelotte et souffle
dans ses doigts, j'habitais à Naples une chambre
sans cheminée sur le quai de Santa-Lucia ; le thermomètre de Réaumur marquait quinze degrés ;
les promeneurs de la *Villa-Reale* portaient des
pantalons blancs, et les rues étaient inondées de
violettes. Un matin, des rires et des vociférations
m'éveillèrent plus tôt qu'à l'ordinaire ; je secouai

la paresse et j'ouvris ma fenêtre. Une douzaine de grandes barques à rames et à voiles, amarrées au quai, s'apprêtaient à partir pour Sorrente, où il y avait une fête. Les barcarols appelaient les passants avec des cris et des gestes de possédés en leur promettant un bon vent, une prompte traversée, les plus braves rameurs du monde et toute sorte de divertissements. A mesure qu'une barque avait recueilli tout ce qu'elle pouvait contenir de passagers, elle déployait ses voiles et s'éloignait. Les éclats de la gaieté napolitaine ont quelque chose d'entraînant et de contagieux. Le vertige du plaisir me gagna peu à peu. Je m'habillai à la hâte et je descendis à temps pour prendre place dans la dernière barque, au milieu d'une bande joyeuse de bourgeois, de jeunes filles et de gens du peuple.

Dans cet heureux pays où un parapluie s'appelle *ombrella*, la matinée qui annonce un beau jour tient parole. Le ciel était d'un bleu magnifique. Déjà le signal du départ avait été donné. L'un des barcarols, appuyant sa longue rame sur le bord du quai, avait démarré la barque tandis qu'une autre hissait la voile. Nous étions à six brasses du rivage, lorsque le patron avisa de loin un gros homme qui débouchait sur le quai du *Géant*, en agitant son mouchoir et en courant aussi vite que le permettaient la soixantaine et l'embonpoint. Un coup de croc ramena la barque tout près de la rive ; le gros homme y sauta et vint s'asseoir tout essoufflé à ma droite. Cette fois, nous quittâmes la terre, emportés par une brise tiède et parfumée qui ridait à peine la robe indigo de la Méditerranée. Le Vésuve était paré de son plumet de fumée blanche, et la pointe de Capri semblait enveloppée d'une écharpe de gaze, comme les belles dames de l'empire dans les miniatures d'Isabey. En face de nous paraissaient Sorrente au milieu de ses bois d'orangers, Massa, plus élevé sur la côte, et le détroit de la Campanella, comme une porte ouverte sur le golfe de Salerne ; derrière nous, les quais de la ville, dominés par le fort de Saint-Elme, décrivaient une ligne courbe de Pausilippe à Portici, offrant une suite non interrompue de monuments, de palais et de maisons blanches.

Tandis que je considérais le double panorama de cette baie de Naples si belle et si vantée, mon gros voisin poussait des soupirs à enfler les voiles d'une gabare. Je pensai d'abord qu'il avait peine à se remettre de sa course, mais bientôt je m'aperçus à ses grimaces expressives que l'inquiétude ou le chagrin avait plus de part que la fatigue à l'exercice de ses vastes poumons. Sa mine sombre, ses gros sourcils froncés, son front crispé, ses hochements de tête, les mouvements de ses lèvres, trahissant un monologue intérieur, faisaient un contraste frappant avec les airs épanouis des autres passagers. Lui seul était au supplice parmi tous ces gens heureux. Pour lui seul, il n'y avait ni baie de Naples, ni ciel souriant, ni jour de fête, ni compagnons joyeux. Cependant, après avoir essuyé son visage avec son mouchoir, le gros voisin promena autour de lui des regards piteux et bienveillants, et il ôta sa veste de toile, qu'il plia sur ses genoux pour être plus à l'aise. Sa chemise était trempée de sueur, et sans doute il pensa que cette tenue n'était point convenable dans un endroit où il y avait du sexe, car il tira d'un petit paquet qu'il portait sous son bras une chemise blanche, et se mit en mesure de changer de linge. Le rouge me monta au visage. Je m'attendais à voir les maris et les pères de famille lancer à ce pauvre homme quelque apostrophe un peu verte; mais je ne connaissais point encore toute la facilité de mœurs des bons Napolitains. Personne ne parut scandalisé de ce sans-gêne. Mon voisin, en tirant les manches de sa chemise, murmura une excuse à la compagnie; les dames et les jeunes filles tournèrent la tête de côté sans interrompre leur conversation, et l'on ne fit pas semblant de remarquer ce changement de toilette exécuté d'ailleurs avec toute la décence et la dextérité possibles.

Au bout d'un moment, comme si cette opération eût un peu soulagé sa douleur, mon voisin sortit de sa pénible rêverie pour demander au patron de la barque s'il pensait arriver à Sorrente avant dix heures. Quelle fut ma surprise en voyant tous les passagers éclater de rire à cette question si simple, et le patron lui-même se mordre les lèvres ! Une seconde question du gros homme provoqua un nouvel accès d'hilarité, plus bruyant encore que le premier. A ma gauche était assise une jeune fille qui riait de tout son cœur. Je me penchai à son oreille et lui demandai ce qui la divertissait si fort.

— *È Biscegliese !* me répondit-elle d'une voix étouffée.

— Quand ce pauvre homme serait Biscéliais, repris-je, serait-ce une raison pour lui rire au nez avec si peu de ménagements ?

— Votre Seigneurie, répondit la jeune fille, n'a donc pas vu le don Pangrazio du théâtre San Carlino ?

— Si fait.

— Eh bien donc, si elle connaît ce comédien si amusant, comment ne rit-elle pas avec nous ?

Il faut savoir que Bisceglia est une petite ville de la Pouille, où l'on parle un patois qui jouit du privilége de mettre en joie les Napolitains du plus loin qu'ils en reconnaissent l'accent. De temps immémorial, le personnage de don Pancrace, au théâtre de San-Carlino, est rempli par des Biscéliais, ou par des Napolitains qui savent imiter à merveille le parler de la Pouille.

Leur succès de ridicule ne tient pas moins à l'accent qu'au talent des artistes, qui, du reste, sont des comédiens incomparables. Le public rit de confiance dès que Pancrace paraît. L'affiche ne manque jamais d'ajouter au titre de la pièce ces mots d'un attrait particulier pour la foule : *con Pangrazio Biscegliese* (avec Pancrace biscéliais). L'effet produit sur nos théâtres par les jargons de paysans n'approche point du fou rire qu'excite ce Pancrace ; il faudrait remonter au temps de Gros-Guillaume et du gentilhomme gascon pour trouver un équivalent de ce personnage à caractère, qui soutient encore, avec l'illustre Polichinelle, la comédie nationale *dell' arte*, tradition précieuse et charmante dont le bouge de San-Carlino est le dernier asile. Ce goût populaire est pourtant cause d'une injustice amère et cruelle ; un Biscéliais ne peut plus se montrer à Naples sans que tout le monde pouffe de rire aussitôt qu'il ouvre la bouche ; la tyrannie de l'habitude et du préjugé le condamne au métier de bouffon, car il ne lui servirait à rien de se fâcher ; on ne s'amuserait pas pour si peu à la bagatelle du point d'honneur, et les rieurs ne feraient que s'égayer davantage d'un accès de colère biscéliaise.

Tel fut le sort de mon gros voisin, lorsque, dans sa mauvaise humeur, il envoya au diable ses compagnons de voyage. En l'écoutant avec attention, je crus reconnaître en effet que l'accent de Bisceglia donnait à son langage un ton pleurard tout à fait comique, et qu'il ressemblait prodigieusement au Pancrace de San-Carlino, qui était alors un acteur excellent. Cependant, comme le *Biscegliese* n'avait pas le même ridicule pour un étranger que pour un Napolitain, j'eus pitié de son dépit et j'engageai la conversation avec lui de l'air le plus sérieux.

— On voit bien, lui dis-je, que Votre Seigneurie ne va pas à Sorrente pour son plaisir.

— *Altro!* répondit le bonhomme en faisant une lippe digne de San-Carlino; je vais à Sorrente pour y gronder, crier, pleurer et dépenser en honoraires de rebouteur et de médecin le reste de trente ducats dont les hôteliers de ce damné pays m'ont déjà soufflé la moitié. Est-ce là du plaisir? Je ne trouve d'ailleurs rien de joli à Naples et dans ses environs. Chez nous, à Bisceglia, la ville est bien plus agréable, et la *gente* se pique au moins de politesse; mais qu'importe tout cela, si je songe au spectacle qui m'attend là-bas! Mon pauvre neveu, le plus beau garçon de la Pouille entière, gisant sur un lit de douleur avec un bras cassé ! O déplorable accident !

— Et comment votre neveu s'est-il cassé un bras ?

— Qui le sait ? reprit le Biscéliais. A coup sûr, ce n'est pas au service de Dieu, quoique le pauvre garçon soit abbé, et que, par la protection de monseigneur, il jouisse déjà d'un revenu de six cents ducats : ce sera donc pour les beaux yeux de quelque méchante femme. Voilà bien les Napolitaines !

— Attendez au moins, pour accuser les Napolitaines, que l'affaire soit éclaircie.

— Vous ne les connaissez donc pas ? répondit le Biscéliais. Il n'arrive dans ce pays ni crime ni accident sans qu'on trouve une femme au fond. Mon neveu a vingt ans, la jambe faite au tour, des yeux qui feraient envie à la reine des amazones : en faut-il davantage ? Nous lui demanderons tout à l'heure qui l'a poussé où il est, et vous verrez s'il ne nous dit pas que c'est une femme. Autrement, à quel propos ce bras cassé ? Un bras ne se casse pas tout seul, sans qu'une Napolitaine s'en mêle. Je l'avais pourtant bien dit à ce malheureux garçon le jour qu'il partit en *vetturino* pour faire cinquante lieues en moins de huit jours, tant il avait hâte de voir Naples. Les enfants sont toujours pressés de courir à leur perte. « Geronimo, lui avais-je dit, tu as tout ce qu'il faut à un homme sage pour réussir, tout ce qu'il faut pour se perdre à un imprudent ou un fou. S'il t'arrive malheur, à qui donc en sera la faute ? Les Biscéliais, tu le sais, ne font pas fortune à Naples; mais il dépend de toi d'être une exception à la règle ou de la confirmer. Tu es riche à six cents ducats par an, jeune, bien fait, galant, instruit, protégé de monseigneur l'archevêque. Il y a là-bas des escrocs, des débauchés, des joueurs, des *don Limoné* vêtus à la mode de Paris, qui se ruinent en habits neufs, et, pis que tout cela, il y a de méchantes femmes. Garde-toi des méchantes femmes et des *don Limone* (1). Pour le reste, patience! » Vous voyez si le malheureux m'a écouté.

— Ainsi, dis-je en riant, parce que votre neveu s'est cassé un bras, vous en concluez qu'il ne s'est pas assez gardé des femmes et des élégants de Naples ?

— N'en doutez pas, répondit le Biscéliais d'un ton tragique.

— Je gagerais volontiers que vous vous trompez, et je suis curieux de vérifier qui de nous deux a raison. Si vous le permettez, je vous accompagnerai jusqu'au lit de votre neveu pour m'infor-

(1) Don Limone est le sobriquet que le peuple donne aux dandys à Naples.

mer de sa santé d'abord, et ensuite pour lui demander le récit de son aventure.

— Votre Seigneurie lui fera honneur.

Tandis que je causais avec le Biscéliais, les passagers étudiaient les inflexions de sa voix et les mouvements de son visage avec une curiosité aussi naïve qu'indiscrète. Chaque fois que l'accent de Bisceglia se trahissait, un rire général soulignait les paroles de mon voisin, dont la patience commençait à se lasser. En venant à son secours, je le mettais sur la sellette; de peur d'amener une querelle, je gardai le silence jusqu'à Sorrente. L'attention des spectateurs incommodes se tourna bientôt vers d'autres objets. Pendant la confusion du débarquement, je pris le Biscéliais par le bras, et je l'emmenai. Nous montâmes ensemble dans la ville par un sentier escarpé. Un enfant, à qui je donnai un demi-*carlin*, nous conduisit à la maison que lui désigna mon compagnon : c'était un petit casino au milieu d'un parterre de fleurs, dans une rue qui ressemblait à une allée de jardin, comme la plupart des rues de Sorrente. A notre coup de sonnette répondit de loin une voix de femme. La servante, jambes et bras nus, les cheveux dans un désordre que le peigne n'avait jamais réparé, braqua sur nos visages inconnus ses grands yeux effarés en demandant qui étaient Nos Excellences. Aussitôt que mon voisin eut décliné son nom et sa qualité d'oncle du malade, cette fille partit en criant du haut de sa tête et en battant des mains, pour annoncer au jeune patient l'arrivée du *zio carissimo*. Nous la suivîmes à travers un petit bois d'orangers, dont les branches pliaient sous le poids des fruits. Des rosiers grimpants couvraient les murs de la maisonnette et les piliers de briques de l'escalier à l'italienne. Un jeune homme d'une figure admirablement belle, le bras droit en écharpe, appuyé de la main gauche sur l'épaule de la servante, parut au haut des degrés. L'oncle très-cher embrasse son neveu, et ils se mirent à parler tous deux à la fois avec tant de volubilité, que le fil de leur discours m'échappait. Je compris seulement que le bon *zio* reprochait au jeune abbé son imprudence, et que le neveu s'apitoyait lui-même sur son triste sort avec l'abandon le plus pathétique. Bientôt leurs yeux s'humectèrent de larmes. La servante, ajoutant une partie de soprano à cet étrange concert, essuyait ses pleurs avec ses bras, en apportant des siéges sur la terrasse de l'escalier, et puis on se calma peu à peu, et l'on s'aperçut qu'un seigneur étranger assistait à cette scène déchirante. L'oncle me présenta au neveu, et le jeune homme m'adressa un sourire si gracieux et si doux, que je me crus admis dans le commerce d'Apollon en robe de chambre. Après les premières civilités d'usage, l'oncle raconta au dieu du

jour notre rencontre en barque, et, sans parler
de l'impertinence des passagers, il ajouta que
nous avions fait ensemble *una scommessa.*

— Une gageure! répéta le jeune homme. Vous
aussi, mon oncle, vous faites des gageures! Ah!
vous les perdrez, comme votre infortuné neveu a
perdu celle qui l'a mis dans l'état pitoyable où
vous le retrouvez.

L'oncle expliqua, par un discours long et diffus,
le sujet sur lequel nous avions discuté pendant le
voyage.

— C'est vous qui avez raison, lui dit le malade
avec un soupir. Il y a sous jeu une femme, une
Napolitaine, une ingrate beauté.

— Permettez, monsieur l'abbé, interrompis-je;
il est juste qu'avant de m'avouer vaincu, je sache
au moins ce qui vous est arrivé. Ma curiosité sa-
tisfaite sera un dédommagement à la perte de ma
gageure. Soyez donc assez bon pour me raconter
vos malheurs. L'intérêt extrême que je prendrai
à votre récit vous prouvera, j'espère, que je ne
suis pas indigne de cette confiance.

— Raconter mes peines! s'écria le jeune homme
en levant ses beaux yeux vers le ciel. Rouvrir
mes blessures, et faire couler à grands flots tout
le sang de mon cœur! c'est ma mort que vous
demandez, seigneur Français, ma mort au milieu
de tourments effroyables. Vous ne savez pas que

ce pauvre cœur a été broyé en mille brins, déchiré par des ongles de fer, et que ses lambeaux palpitants se tortillent sous un talon impie et féroce, comme les tronçons d'un serpent qui cherchent à se rejoindre. Ce cœur était celui d'un lion, d'un Tancrède, d'un *Rinaldo*; mais, en prononçant le nom de la cruelle qui m'a *précipité*, perdu, assassiné, tous les supplices de l'enfer m'accablent à la fois. Jugez vous-même à présent si je puis vous raconter des malheurs dont il n'est pas d'exemple sur la terre! Plus tard, seigneur français, plus tard, nous verrons.

—Diable! pensai-je, quand j'entendrai ce récit tant souhaité, ce n'est point par la sobriété qu'il se distinguera. Michel Cervantes eut bien raison de recommander aux narrateurs, par la bouche du sage don Quichotte, de supprimer les exclamations et les réflexions inutiles.

— A Dieu ne plaise, dis-je au malade, que mon intérêt, ma curiosité, causent de si terribles ravages! Vous me raconterez une autre fois vos malheurs sans exemple sur la terre, et je vous promets une pitié proportionnée à la grandeur de votre infortune; mais nous n'avons point déterminé, monsieur votre oncle et moi, les conditions de notre gageure. Il faut réparer cet oubli. Je m'en rapporte à lui pour décider ce que j'ai perdu.

— Cher oncle! dit l'abbé, exigez un souper entre nous trois chez un marchand de *pizze*, avec des huîtres de *Fusaro*.

— Va pour un souper d'huîtres à discrétion, répondis-je.

— Et du vin blanc de Capri? demanda l'abbé.

— Tant que nous en pourrons boire.

— *Allegri!* s'écria le malade. Revenez demain, seigneur Français; je crois qu'en m'armant de courage, il me sera possible d'arriver au bout de mon récit.

—N'allez pas entreprendre une chose au-dessus de vos forces.

— Ne craignez rien. Sous les apparences de la délicatesse, j'ai une santé de fer. Je suis sensible; mais le ciel m'a donné l'âme d'un héros de Torquato Tasso.

— Pauvre Torquato! repris-je, en voilà un qui a réellement souffert!

— Comme moi, précisément dans ce même village de Sorrente. Oh! oui, je ressemble au pauvre Torquato... Mais on sonne. Ce doit être le docteur. Il arrive à propos, je vais lui demander quel jour nous pourrons aller à Naples manger la *pizze* et les huîtres du lac *Fusaro*.

Le médecin arriva en effet. Il paraissait avoir quarante ans. Je le reconnus avec plaisir pour un Français et un homme intelligent. Il accorda au convalescent la permission de s'embarquer pour Naples et de manger tout ce qu'il voudrait. Je saluai mes nouveaux amis, et je sortis avec le docteur.

— La blessure, lui dis-je, n'était pas bien grave?

— Une forte contusion, répondit-il, mais heureusement point de fracture. Le jeune homme s'est cru mort, ou tout au moins en danger de perdre un bras, parce que les muscles foulés le faisaient beaucoup souffrir. A ses discours, vous devinez de quel style auront été ses lettres à son oncle. Le pauvre vieux a pris cette éloquence pour argent comptant, et il est accouru de Bisceglia, s'imaginant assister aux derniers moments de son neveu. Il ne faut pas croire pourtant que mon jeune malade ne soit pas véritablement passionné. Il s'exprime avec exagération, mais il sent vivement.

— Vous savez donc ses aventures et la cause de son accident?

— Tout au long. Geronimo n'a rien de caché pour ses amis.

— Vous me feriez plaisir si vous vouliez bien me raconter cette histoire. Je dois en recevoir la confidence demain; mais je crains un peu les fleurs de rhétorique du héros.

— Vous n'en seriez pas quitte, dit le docteur,

en moins d'une demi-journée, et toutes les épi-
thètes du dictionnaire y passeraient. Suivez-moi
à l'auberge de *la Sirène*. Nous boirons une limonade, et je vous raconterai ce roman.

Nous entrâmes à *la Sirène*. On nous servit de
la limonade sur une terrasse d'où l'on voyait toute
la baie de Naples, et le médecin commença son
récit en ces termes.

II

Vous n'êtes pas sans avoir remarqué à la *Villa Reale*, dans les cafés et les théâtres, ces jolis petits abbés, le tricorne sur l'oreille pincée, cravatés à la Colin, chaussés de bottes à la hussarde et la badine à la main, qui lorgnent les femmes, applaudissent la *prima ballerina*, ne manquent pas une fête, et font même des armes, non pas dans le dessein de tuer leur prochain, mais pour prendre un exercice salutaire. Ce sont des figures du siècle dernier. Avant la révolution, les abbés de

Paris étaient galants, coureurs d'aventures, assidus à la toilette des marquises, grands faiseurs de visites et colporteurs de nouvelles. Ceux de Naples mènent à peu près la même vie, comme vous l'avez pu deviner à leurs airs cavaliers.

Ognissanti Geronimo Troppi (c'est ainsi que se nomme mon malade), natif de Bisceglia, ayant un frère aîné, point de fortune et de l'ambition, prit le petit collet il y a six mois, et vint solliciter la protection de quelques amis bien en cour. Il obtint une espèce de bénéfice, dont on lui paya un semestre, avec quoi il se mit en équipage d'abbé mondain. Ii s'habilla proprement, porta les bottes molles et se prélassa comme les autres, un jonc à la main. La chambre meublée qu'il loua dans le quartier de Monte-Olivetto lui coûtait trente francs par mois, en comptant l'eau, le linge et le *brasero* pour les quinze ou vingt jours de froid en hiver. Son plus grand luxe fut de prendre à ses gages un domestique, c'est-à-dire un gamin de dix ans, avec une mine de chat et un costume économique, puisque, sauf un petit caleçon de toile qui lui venait au genou, ce gamin était absolument nu. Pour courir d'un bout à l'autre de la ville, se quereller avec les laquais, crier à tue-tête derrière le fiacre de son patron, et faire honneur à M. l'abbé en se disant hautement son serviteur, ce bambin n'avait pas son pareil; du reste, voleur comme une pie, menteur et fourbe de naissance, mais dévoué à son maître. Ses gages se montaient à deux sous par jour et le macaroni. Geronimo n'avait point d'heure fixe pour ses repas. Quand la faim le prenait, il envoyait son groom à la *trattoria* chercher une mesure de pâte au fromage. Il en avalait les trois quarts et laissait le reste au gamin, qui mangeait dans l'écuelle du patron, comme le petit chien de Gargantua.

Avec une maison si bien montée, un crédit chez le tailleur et l'abonnement au rabais chez le barbier, notre abbé pouvait employer une bonne part de son revenu en argent de poche. Il se donna l'*ingresso* à l'année au grand théâtre, la stalle aux représentations extraordinaires, et ne se refusa ni la calèche à un cheval pour aller à Pausilippe, ni les glaces au café de *l'Europe*. Il se lança, non pas dans le beau monde où vont tous les étrangers, et composé en grande partie de Français et d'Anglais, mais dans la bourgeoisie de Naples, où l'on trouve des mœurs tout aussi aimables et pour le moins autant de jolis visages. Son calcul était bon; dans ce cercle-là, il pouvait briller avec son modeste état de maison, tandis que dans un plus grand monde il eût été surpassé en luxe et en élégance par les jeunes gens à

la mode, qui, dans ce pays, poussent à l'extrême
l'émulation du *dandysme*.

Le 14 août dernier, veille de l'Assomption, un
prédicateur en vogue devait prêcher à Sainte-Marie *del Carmine*. Notre jeune abbé bien rasé, frisé,
ganté de neuf, se rendant au sermon vers deux
heures, vit arriver devant l'église trois fiacres
dont les cochers faisaient un bruit d'enfer et me-
naient au grand galop dix-huit personnes de la
même compagnie. Dans le carrosse du milieu
était une jeune femme en deuil, l'éventail à la
main, les bras nus et ornés de bracelets de velours.
Lorsqu'elle eut mis pied à terre, toute la compagnie s'empressa autour d'elle, pour jaser un peu
avant d'entrer à l'église. L'abbé, qui prêtait l'o-
reille, comprit aux discours de ces braves gens
que la dame était à son dernier jour de deuil, et
qu'elle faisait, suivait l'usage, ses dévotions à la
mémoire de quelque proche parent avant de quitter le noir. Sans être d'une beauté régulière, cette
jeune personne avait une figure piquante. Une
forêt de cheveux naturellement ondés se divisait
en bandeaux épais sur son front un peu bas. Ses
sourcils épais, rapprochés l'un de l'autre, auraient
donné à son visage une expression sournoise, si
l'éclat des yeux, la mobilité des narines et la grâce
des lèvres en accolade, où semblait errer un

sourire malin et sensuel , n'eussent corrigé l'air
sérieux et presque méchant du haut de son visage. La dame s'aperçut tout de suite du ravage
de sa beauté dans le cœur de notre abbé. Comme
la coquetterie se pratiquait à Naples sur une
grande échelle, les œillades, les mines agaçantes
et tous les manéges qui indiquent une préférence,
achevèrent d'embraser le bon Geronimo.

— Grand Dieu ! pensa-t-il , si c'est d'un mari
qu'elle porte le deuil, faites que je quitte aussi le
noir pour l'épouser.

Pendant tout le sermon, la belle Napolitaine
écouta le prédicateur avec attention, et ne se laissa
point distraire de son pieux recueillement. Une
des personnes de sa compagnie se promenait en
l'attendant, sur la place : c'était un Calabrais de
trente ans, taillé comme un Hercule. Don Geronimo tourna autour de cet homme, partagé entre
l'envie de l'interroger et la crainte d'être mal
accueilli. A la fin , il prit son grand courage et
aborda poliment l'inconnu.

— Votre Seigneurie, lui dit-il, accompagne une
jeune dame qui paraît aussi vertueuse que belle.

L'Hercule regarda l'abbé en souriant.

— Trop belle et trop vertueuse, répondit-il,
pour le repos du monde, et avec cela pétrie de
grâce et d'esprit, mais si dédaigneuse que le plus
galant homme des deux Calabres en tombe dans

le désespoir. Ce galant homme est en face de vous. Si votre projet, seigneur abbé, est de me faire bavarder pour prendre des informations, vous vous adressez mal. Je ne veux plus dire un mot sur ce sujet.

— Et vous avez raison, reprit l'abbé. Tout cela ne me regarde point, puisque je ne connais pas cette dame. C'est sans doute un père qu'elle pleure ?

— Non, c'est un mari.

— Si jeune et déjà veuve ! La pauvrette ! je comprends la cause de ses dédains : elle est inconsolable de la perte d'un époux. Il ne faut pas vous en désespérer. Ces regrets annoncent un bon cœur.

— Des regrets, dit le Calabrais, pour le pauvre Matteo ! elle ne pouvait pas le souffrir.

— Alors elle veut consacrer le reste de sa vie à l'éducation de ses enfants.

— Quels enfants ? Elle n'en a point.

— Le veuvage et la liberté ont leurs douceurs, surtout avec de la fortune, car assurément son mari lui aura laissé du bien ?

— Une honnête aisance, dit le Calabrais ; et puis le père de Lidia est ce riche lampiste dont la boutique brille de tant d'éclat, le soir, à Tolède, près du palais Borbonico.

— Après le sermon, reprit l'abbé, la signora

ferait bien d'aller prier sur la tombe de son mari.

— Nous allons, en effet, la conduire à Capo-di-Monte.

— Et ensuite vous la ramènerez chez elle, dans la rue de...

— A Saint-Jean-Teduccio, hors la ville, où elle a une petite maison de campagne.

— C'est cela. Et puis un repas de famille égayera la fin de cette triste journée. *Faites courage, et ne vous rebutez point, seigneur Calabrais.* Souvent, avec les femmes, l'amour est à deux pas du dédain : vous verrez que la signora n'ira pas de dix-huit à vingt ans sans se remarier. Parmi tant d'adorateurs, quelqu'un lui plaira, et je vous prédis que vous serez distingué par-dessus vos trois rivaux.

— D'abord, répondit le Calabrais avec des regards terribles, Lidia n'a que dix-sept ans. Ensuite j'ai quatre rivaux, et non pas trois, et si l'un d'eux l'emportait sur moi, je le prendrais d'une main par le cou, de l'autre par les jambes, et je le briserais sur mon genou. Tout ce que vous dites, seigneur abbé, est donc plein d'erreurs.

— Excusez mon ignorance, murmura don Geronimo en changeant de visage. Je ne m'occuperai plus de tout cela que pour vous souhaiter, avec une bonne santé, les succès que Votre Seigneurie mérite.

Malgré l'effroi que lui inspirait ce rival farouche et la perspective périlleuse que tant d'obstacles lui faisaient entrevoir, l'abbé ne résista pas à l'envie d'échanger encore quelques œillades avec la belle veuve. Il prit les devants, et se rendit à pied au cimetière de Capo-di-Monte, et, tout en marchant, il recueillit et mit en ordre dans sa mémoire les renseignements arrachés au Calabrais.

— Lidia ! disait-il, veuve sans regrets... point d'enfants... dix-sept ans... une honnête aisance... fille d'un lampiste de la rue de Tolède... maison de campagne à San-Giovanni-Teduccio... insensible aux hommages de l'homme féroce aux gros favoris roux, plus humaine pour moi seul... c'est la femme qu'il me faut. Je lui sacrifierai ma carrière. Quel bonheur d'épouser une si belle personne ! Mais, hélas ! cinq rivaux en comptant le Calabrais ! A quels dangers ne suis-je exposé ! Tâchons d'échapper aux regards des jaloux. Ne point approcher d'eux et me concerter de loin avec la divine Lidia serait un coup de maître.

Don Geronimo se cacha dans le cimetière derrière une tombe d'où il entendit bientôt arriver les trois fiacres qui portaient la veuve et sa compagnie. Lidia s'agenouilla seule sur une pierre, tandis que ses amis l'attendaient à la porte. Ses dévotions achevées, elle se releva et reconnut, à

vingt pas d'elle, le jeune abbé de là place Sainte-
Marie-*del-Carmine*, qui lui faisait des signes pas-
sionnés. Après avoir bien considéré la pantomime
expressive de Geronimo, elle porta la main à son
cou pour demander si le rabat n'était pas un em-
pêchement. L'abbé répondit que non en ôtant le
rabat et en le mettant dans sa poche. Aussitôt la
belle veuve montra deux rangs de dents blanches
comme des perles et posa un doigt sur sa bouche
pour recommander le silence et la discrétion ; elle
dirigea le bout de son éventail vers la compagnie,
et fit ensuite avec sa tête un *oui* plein de candeur
et de tendresse, à quoi Geronimo répondit en appuyant ses deux mains sur son cœur comme le
jeune premier du ballet de San-Carlo, et en fer-
mant ses yeux d'Adonis pour exprimer l'excès de
son bonheur. Lorsqu'il rouvrit ses paupières, la
belle Napolitaine avait disparu ; mais il l'entendit
de sa voix sonore lancer des épigrammes aux
jeunes gens de la compagnie, comme pour apprendre à notre abbé combien il était plus favorisé que
ses rivaux.

En retournant à Naples, le bon Geronimo ne se
sentait pas de joie. Son cœur dansait une taren-
telle dans sa poitrine, et il eût volontiers embrassé
tous les passants. Il convoqua sa maison, c'est-à-
dire son gamin, en audience solennelle, et lui
annonça son prochain mariage avec une comtesse

veuve, belle et riche à plusieurs millions de ducats ; il promit des gratifications et récompenses fabuleuses dans le cas où son serviteur ne commettrait ni maladresse ni sottise, et redoublerait au contraire de zèle et d'intelligence pendant les préliminaires du mariage, car, ajouta le patron, la comtesse, quoique maîtresse de ses actions, avait à vaincre l'opposition d'une famille puissante et des prétendants à ménager, (parmi lesquels étaient deux princes, trois *illustrissimes*, et un général. A l'astuce et au mensonge, le *guaglione* napolitain joint la crédulité la plus aveugle pour tout ce qui éveille en lui l'instinct du merveilleux. Il vous fera des contes à dormir debout, appuyés de serments solennels ; mais, par une juste compensation, il croira de la meilleure foi du monde toutes les fables et balivernes qu'il vous plaira d'imaginer. Le gamin ouvrit des yeux rayonnants, félicita le patron d'un si heureux changement dans sa destinée, et demanda par où commencerait ce service extraordinaire pour lequel il jurait, au nom de *Jésus-Nouveau* et de *sainte Marie-Nouvelle*, de déployer un zèle inconnu jusqu'alors de tous les domestiques et *facchini* du royaume.

— Tu vas apprendre à l'instant même, lui répondit l'abbé, cet important secret qui doit faire mon bonheur et ta fortune. Ecoute-moi bien, Antonietto : sans employer aucun intermédiaire, avec l'audace dont je suis seul capable au monde, j'ai offert directement à la comtesse mon cœur et ma main dans le cimetière de Capo-di-Monte. Mes vœux ont été agréés. La divine Lidia, éblouie et subjuguée par ma bonne mine et mon éloquence, a juré, sur la tombe même de son premier époux, d'être à moi pour la vie ; il faut le temps d'écarter avec politesse d'autres prétendants qui aspirent à sa main, et, pour ne point éveiller de soupçons, nous avons résolu d'un commun accord de ne communiquer ensemble que par lettres. C'est à bien remplir l'emploi difficile de messager que tu vas déployer ton esprit et ta prudence, ô fidèle Antonietto ! Demain, jour de l'Assomption, tu iras à San-Giovanni-Teduccio. Tu demanderas à quelque enfant du village où demeure la belle comtesse Lidia. Lorsque tu la verras sortir de sa maison pour se rendre à l'église, tu la suivras avec précaution, et tu chercheras l'occasion de lui glisser dans la main un billet que j'écrirai ce soir. Si la comtesse n'est accompagnée d'aucun surveillant, tu la prieras de t'apporter la réponse en allant à vêpres. Si elle t'interroge sur ma fortune, ma condition et celle de ma famille, tu lui diras que j'ai vingt ans, des amis et des protecteurs puissants, un superbe bénéfice, des parents riches, un avenir brillant, mais que je quitterai l'Eglise, pour laquelle je n'ai plus de goût depuis que mon cœur s'est enflammé d'un amour pur et incurable. Tu ajouteras que Ognissanti Geronimo Troppi, n'ayant plus ni père ni mère, est libre de ses actions et en possession de son patrimoine, qu'il donnera des robes à sa femme et ne l'empêchera jamais d'aller ni au théâtre ni au bal, encore moins aux fêtes de Piedigrotta et de la madone dell' Arco! A présent, réfléchis, Antonietto. Pèse bien les paroles que tu viens d'entendre, et ne manque pas d'employer le reste de ce jour et la nuit entière à *combinare*.

Au lieu de combiner et de réfléchir sur les moyens de servir les amours de son jeune patron, Antonietto, dominé par ce profond sentiment du *moi* dont un bon Napolitain ne se distrait jamais, ne songea qu'aux avantages qui devaient résulter pour lui-même du mariage de Geronimo. Il se haussa de dix coudées dans sa propre estime, et regarda son ombre au soleil, en se disant que bientôt cette ombre serait celle du premier valet de chambre d'un homme riche. Sa première infraction aux ordres qu'il venait de recevoir fut de courir après d'autres gamins de son espèce pour leur raconter avec des amplifications merveilleuses les événements graves qui allaient, disait-il, étonner toute la ville, et les pompes, cérémonies et largesses de ce mariage si brillant. Le soir venu, il ne prit pas cinq minutes sur le temps du sommeil pour se préparer à jouer son rôle, et il s'endormit bercé par des chimères dorées qui ne regardaient que lui.

Geronimo avait taillé sa plume et rédigé une lettre où l'hyperbole et la métaphore s'enflaient comme des ballons. Il la transcrivit au net sur du papier rose orné d'oiseaux lithographiés, et la plia en forme de poulet. En remettant au petit Mercure cette précieuse épitre, l'abbé fit encore cent recommandations que le gamin parut écouter d'un air attentif et respectueux. Antonietto cacha le poulet dans la pochette de son caleçon, et lorsqu'il vit le patron tirer de sa bourse un demi-carlin, en lui disant de prendre une place dans un *corricolo*, pour aller plus vite, ses yeux brillèrent comme des escarboucles. A peine dans la rue, le gamin tourna vingt fois entre ses doigts cette large pièce de cuivre et se promit solennellement de ne point la dépenser en frais de route inutiles. Pour l'acquit de sa conscience, il demanda au cocher d'un corricolo combien on lui prendrait pour aller à San-Giovanni-Teduccio. Le cocher lui proposa pour deux *grani* de se tenir debout sur la planche du véhicule; mais Antonietto ne daigna point répondre à des prétentions si exagérées. Il montra son demi-carlin d'un air majestueux, fit claquer sa langue contre son palais, et partit à pied. Un fiacre, derrière lequel il monta, le conduisit pour rien jusqu'au pont de la Madeleine ; le reste du chemin, égayé par les chansons et les gambades, ne lui coûta qu'une heure, mais la grand'messe était commencée lorsqu'il arriva devant l'église du village.

Afin de délibérer sur cet incident, que ses instructions n'avaient pas prévu, Antonietto entra chez un *macaronaro* et demanda pour un sou de pâte. Devant le feu étaient des brins de macaroni longs de deux pieds et suspendus à un bâton. Le gamin prit trois de ces brins qu'il souleva au-dessus de sa tête en ouvrant une bouché large comme un four, et il ingurgita le tout d'un seul trait, comme font les saltimbanques lorsqu'ils avalent une lame de sabre. Un verre d'eau compléta ce bref repas, et le Mercure allait se livrer aux douceurs de la sieste sans penser à son message, quand, par bonheur pour notre abbé, un autre enfant à jeun, alléché par le macaroni et le demi-carlin de cuivre, vint offrir ses services à Antonietto en lui donnant de la seigneurie. Cet enfant connaissait la belle Lidia ; et, dans l'esprit d'une récompense, il promit à Antonietto de lui désigner non-seulement cette personne, mais toutes celles qui assisteraient à la messe, et dont il prétendait savoir les noms et qualités. On se rendit à l'église ; et les deux gamins, avec leurs yeux de lynx, distinguèrent tout de suite la signora Lidia au milieu d'une foule considérable. La belle veuve écoutait dévotement l'office divin, lorsqu'elle sentit une main tirer furtivement le bas de sa robe. Elle vit sortir entre deux chaises la mine espiègle d'un enfant qui se traînait sur les genoux et les mains.

— Que me veux-tu, *guaglione?* lui dit-elle.

—Prenez cela, contessine, répondit Antonietto, en présentant le billet. C'est une lettre de don Geronimo, votre futur époux, à qui vous avez juré une fidélité éternelle hier à Capo-di-Monte. Je viendrai chercher la réponse à l'heure des vêpres, ainsi que le seigneur mon maître me l'a ordonné.

Antonietto se retira doucement comme il était venu, et, en attendant les vêpres, il s'endormit au pied d'un mur, la tête à l'ombre et les pieds au soleil. Les métaphores du bon Geromino ouvrirent sans doute à deux battants le cœur de la dame, car, en revenant à l'église, elle fit de loin un signe amical au petit messager pour lui ordonner d'approcher.

— Voici ma réponse, dit-elle en tirant une lettre de son sein. L'amour a bien inspiré ton patron. Dis-lui qu'il a deviné précisément la conduite qu'il devait tenir, en me laissant le soin d'éloigner tous ces rivaux ennuyeux qui rôdent autour de moi. Dis-lui qu'il a de l'esprit comme un ange et

autant de prudence que de gentillesse, que je le
prie de lire avec des yeux indulgents ce billet où
il ne trouvera ni belles images, ni poésie, ni éloquence, comme dans sa lettre, qui ne ferait pas
de tort à la plume du grand Métastase. Dis-lui
encore q'il m'écrive dimanche prochain par la
même voie, et que sa prose ou ses vers seront
bien reçus, et tu ajouteras que Lidia Peretti,
veuve du pauvre Matteo Peretti, ne demande pas
mieux que de s'appeler autrement, par exemple
Lidia Troppi, et que s'il dépendait d'elle, ce serait
chose faite. Va; il comprendra ce que cela signifie, lui qui est si rusé! Et ne manque pas de lui
dire surtout que je pense à lui, et tu termineras
par ces mots que je n'ai point osé écrire, de peur
d'offenser la modestie : c'est que je l'aime parce
qu'il est beau. Tâche de ne pas oublier tout cela,
et pour te donner de la mémoire et des jambes,
voici un carlin dont je te fais un *régal*.

III

Comment le bon Geronimo, avec ses vingt ans, son visage d'Adonis, et la persuasion intime de la supériorité de son mérite, aurait-il pu douter d'un amour si ingénument avoué, en termes si flatteurs, par écrit et verbalement? Il n'en douta pas, et il eut raison. L'épître de Lidia et les paroles rapportées par le petit messager inspirèrent à notre abbé autant de confiance que de passion. Il se mit en devoir de quitter bientôt le petit collet, le rabat et le tricorne à larges bords pour endosser l'habit bleu à boutons d'or et le gilet de couleur changeante, qui lui représentait, la veille encore, son bonheur environné d'écueils, ne voyait plus dans l'avenir apparence de difficultés. Il ne parlait plus à ses amis qu'en style mystérieux, en propos interrompus, où les mots d'*avenir magnifique* et de *brillant mariage* revenaient souvent, et il crut avoir montré la prudence d'Ulysse, en n'allant pas jusqu'à dire le nom de sa future épouse. Dans le monde qu'il fréquentait, le bruit courut alors qu'il faudrait bientôt lui retenir un logement à Aversa, qui est, comme vous savez, le Charenton de Naples. On riait en le voyant passer dans la rue de Tolède, la tête haute et les yeux baissés, suivi de son groom en haillons, l'un rêvant un carrosse, et l'autre une livrée.

La fête de l'Assomption tombait un lundi en 1842. Geronimo avait donc six jours devant lui pour préparer sa seconde épître. Il la composa d'avance, plus belle, plus fleurie que la première, et ornée de citations de Pétrarque et de Guarini. Cependant, comme ce délai lui paraissait long, il voulut essayer de correspondre avec sa maîtresse au moyen de la musique. La chanson en plein air est d'un usage si répandu dans ce pays, qu'on ne s'inquiète guère si elle déguise quelque intention de sérénade ou quelque allusion particulière. Geronimo, musicien et doué d'une voix agréable, chercha dans le recueil gravé de chansons populaires celle qui offrait le rapprochement le plus sensible avec l'état de ses amours. Son choix se fixa sur la sicilienne : *N'ici mia comu si fa?* dont le refrain dit, dans le dialecte amoureux de Palerme : « Je ne t'ai vue qu'à peine, hélas ! et pour un seul regard, je vais mourir ! » Le jeudi soir arrivé, notre abbé, enveloppé jusqu'aux yeux dans un manteau de conspirateur, monta en fiacre avec son fidèle Antonietto, portant une guitare. Il était quatre heures d'Italie, ou onze heures de France. Le carillon de minuit sonnait lorsque Geronimo parvint à Saint-Jean-Teduccio, et se glissa sous les fenêtres de Lidia. Des ombres qui se mouvaient lui apprirent qu'il y avait encore de la compagnie au salon. Bientôt il entendit des pas d'hommes dans l'escalier. Plusieurs jeunes gens sortirent ensemble, parmi lesquels l'abbé crut reconnaître la voix du terrible Calabrais, et, l'aiguillon de la jalousie le piquant, il sentit plus de dépit que de crainte. Les rivaux s'emparèrent du fiacre qu'il venait de quitter, et partirent pour Naples. Un moment après les lumières du salon s'éteignirent ; une lueur moins vive éclaira la chambre à coucher de la belle veuve. C'était le moment favorable pour la sérénade. Geronimo chanta sa sicilienne, *sotto voce* et du ton le plus tendre, en s'accompagnant à la sourdine. Rien ne bougea dans la maison. Notre abbé, un peu déconcerté, répéta d'une voix plus forte le dernier couplet. A la fin, la fenêtre s'ouvrit :

— Ce n'est pas mal, dit Lidia, pour un chanteur des rues. De quelle part venez-vous, brave homme ?

— De la part du seigneur Geronimo, dit le groom, voyant que son patron n'osait se faire connaître.

— Tu le remercieras de la bonne intention, reprit la dame. Voici un double carlin pour le chanteur, et autant pour toi, Antonietto. Dis à ton maître que j'ai compris le sens de ces paroles : *Pri un guardu iù muriró* ; mais qu'il se rassure ; ce regard échangé à Capo-di-Monte ne causera pas sa mort ; je lui en donne ma parole.

La fenêtre se referma aussitôt, et tandis qu'Antonietto mettait avidement les deux pièces d'argent dans sa poche, Geronimo, triste et honteux, reprenait à pied le chemin de Naples sans regarder derrière lui. Son amour-propre blessé cherchait par quelle étrange erreur Lidia l'avait pu prendre pour un chanteur des rues. Il interrogea son groom à ce sujet, et, Antonietto lui ayant répondu que la *contessina* ne se connaissait pas en musique, il retrouva sa sérénité d'esprit accoutumée.

Tous ces manéges duraient depuis deux mois approchant , lorsque Lidia écrivit à Geronimo pour lui annoncer qu'il pouvait enfin se présenter à elle et à sa famille. Sur une liste de personnes respectables que lui envoyait sa maîtresse, l'abbé trouva un chanoine de sa connaissance qui consentit à l'introduire dans la maison. Le jour fut choisi pour la première visite, et Geronimo se para, dès le matin, de son habit neuf. La discrétion ne lui paraissant plus de rigueur, il raconta ses projets et ses espérances au chanoine en le conduisant en fiacre à San-Giovanni-Teduccio. La calèche à un cheval s'arrêta devant la maison de Lidia. Antonietto tira de toutes ses forces le cordon de la sonnette et baissa le marchepied. La servante vint ouvrir en faisant des sourires et des mines d'intelligence de bon augure. On traversa un vestibule pavé en mosaïque et orné de fresques en grisaille ; par une porte entr'ouverte, on voyait dans la salle à manger les restes d'un déjeuner copieux ; notre abbé observa que tout respirait l'aisance confortable dans cette maison. La servante conduisit les visiteurs dans un petit jardin, au fond duquel étaient trois personnes assises à l'ombre d'un citronnier. C'étaient Lidia, son père le lampiste de Tolède, et sa tante dame Filippa, grosse matrone chargée de colliers et de chaînes d'or, comme la mule du saint sacrement,

Geronimo perdit contenance devant cette assemblée de famille, malgré l'indulgence qui adoucissait les visages des parents et le plaisir qui animait les beaux yeux de la jeune veuve.

— Mes amis, dit le chanoine, l'embarras où vous voyez don Geronimo Troppi vient d'un cœur honnête et sincèrement touché qui mérite vos encouragements et votre bonté. Le plus difficile est fait, puisque mon protégé a su plaire. Compère Michel, et vous, dame Filippa, voilà ce que c'est que la jeunesse : on se rencontre, on se regarde et on s'aime. Tandis que vous répandiez les lumières sur vos contemporains en vendant des lampes Carcel, votre aimable fille lançait d'autres feux plus dangereux, et il se trouve un beau jour qu'elle est pourvue d'un second mari au moment où vous y pensiez le moins. L'Église y perdra un bon sujet ; mais laissons cela, de peur d'augmenter encore la timidité de nos amoureux, et, pour les mettre à l'aise, causons, pendant un quart d'heure, de la pluie et du beau temps.

— Le temps est beau, dit Lidia impétueusement, et le sujet dont vous parlez nous plaît à tous, M. le chanoine. Mon père approuve mon choix. Avec beaucoup de gentillesse, vous avez su dire comment nous nous sommes aimés, en nous regardant, le seigneur Geronimo et moi;

mais ne vous imaginez pas que je sois une tête folle et légère. Oh! je suis au contraire bien prudente. J'ai pris des informations sur votre protégé, en faisant jaser les commères; l'on m'a dit qu'il vivait sagement, qu'il ne dépensait rien au delà de son revenu, qu'il n'était ni joueur ni mauvais sujet, et le seigneur Geronimo a confirmé ces rapports favorables en me parlant mariage dans sa première lettre. Alors j'ai passé en revue les cinq autres personnes qui m'honoraient de leurs recherches : deux de ces prétendants sont des dons *Limone*, plus amoureux d'eux-mêmes que de moi; le troisième un enjôleur de filles, incapable de faire un mari tranquille; le quatrième un joueur, qui tient les cartes du soir au matin et qui négligera toujours sa femme pour la *bazzica*; le cinquième, fort honnête d'ailleurs, est trop querelleur et trop fanfaron; son accent calabrais est cause qu'il n'a point réussi à me plaire, et puisqu'il ne me plaît point, je ne saurais l'épouser, n'est-il pas vrai? Ai-je manqué de prudence ou de sagesse en amusant ces adorateurs par des lenteurs et des discours inutiles? Que faut-il à une veuve pour se décider à un second mariage? Sentir de l'inclination pour une personne de bonnes mœurs et d'un heureux caractère. Ce sont les yeux de mon corps qui ont distingué le seigneur Geronimo; mais je l'ai aussi regardé avec ceux de ma raison, et j'ai vu ce que j'ai vu, car je suis bien fine, allez, M. le chanoine ; et puis j'ai un père tendre et bon qui ne veut que mon bonheur, et à présent, au lieu de parler du beau temps, le seigneur Geronimo va nous dire, à son tour, comment lui est venue cette passion, qu'il m'a déclarée dans les plus jolies lettres que jamais une plume ait écrites depuis qu'on écrit des lettres.

Pendant ce discours, prononcé avec une volubilité entraînante, notre abbé, ravi par des aveux si candides, sentit l'assurance lui revenir. Sa langue se délia, et il répondit avec la même vivacité :

— Et moi aussi, divine *signorina*, dit-il, et moi aussi j'ai fait usage des yeux de ma raison, malgré le bandeau de l'amour dont parlent les poëtes. Ce n'est pas seulement pour votre incomparable beauté, vos grâces enchanteresses et tous les trésors de votre divine personne que mon cœur s'est enflammé ; c'est pour vos mérites, votre sagesse, votre esprit, vos vertus, car j'ai tout examiné, tout pesé avec soin. Je possède un coup d'œil pénétrant...

Il n'en put dire davantage, le bon Geronimo. Dès les premiers mots qu'il prononça, le visage de la belle Lidia changea soudain de couleur et passa tour à tour du rouge au blanc et du blanc au rouge. Dans la physionomie mobile de la jeune

Napolitaine, le plaisir et l'effusion de la tendresse firent place au désappointement le plus complet. Bientôt ce désappointement devint comme une espèce de désespoir; Lidia, prenant sa tête dans ses deux mains, interrompit l'orateur,

— A*hi !* s'écria-t-elle, il est Biscéliais !

— Sans doute, reprit Geronimo en pâlissant, je suis Biscéliais, ne le savez-vous pas puisque vous avez pris des informations sur moi ?

— Je devrais le savoir, répondit Lidia en se frappant le front à grands coups de poing. J'aurais dû penser à cela. *Cagnu della Madona !* Bête que je suis ! hélas ! Dieu bon, il est Biscéliais ! Tout tourne dans ma tête ! Biscéliais, comme don Pancrace ! Ah ! dans quel piége suis-je tombée, sainte Vierge ! Il n'y faut plus songer. Seigneur Geronimo, je vous rends votre parole. Foi d'honnête femme, je vous aimais de tout mon cœur ; mais je n'avais pas entendu votre voix , et jamais je n'épouserai un jeune homme qui parle comme don Pancrace. Oh ! non, cela est impossible ; n'y pensons plus.

— Mais, signorina, reprit l'abbé, donnez-vous au moins le temps de me connaître mieux. Vos oreilles s'accoutumeront à mon accent; et je le perdrai peu à peu en causant avec vous.

— Le seigneur Geronimo a raison, dit le père. Ce préjugé contre les Biscéliais n'est pas raison-

nable, ma fille, et tu auras le loisir d'apprendre
à ton mari à prononcer purement le napolitain.

— Cela est évident, dit la tante Filippa. Refuser un jeune homme de bonne famille à cause de
l'accent de Bisceglia, ce serait une folie.

— Et ma tendresse pour lui, répondit Lidia,
reviendra-t-elle à mesure qu'il perdra son accent?
Pouvez-vous m'assurer que la Madone fera ce miracle?

— Ainsi, dit Geronimo d'un ton plaintif, vous
ne voulez même plus me voir?

— Tenez, s'écria la jeune veuve, ne croirait-on
pas entendre le *Pangrazio biscegliese* de San-Carlino! Seigneur Geronimo, je consens à vous re-
voir tant que vous voudrez; mais, je vous en
avertis, ce n'est plus sur le pied d'un fiancé. Tâchez
de m'accoutumer à votre accent. Venez ici comme
un ami et même comme un sixième aspirant à ma
main. Le successeur du pauvre Matteo, mon premier époux, n'est pas encore choisi; voilà tout, et
je vous le déclare, afin que vous n'alliez point
vous bercer d'illusions chimériques; à présent,
parlons de la pluie et du beau temps, je vous en
prie.

Le compère Michel, dame Filippa et le chanoine eurent beau chapitrer la belle veuve; notre
abbé eut beau passer du larmoyant au pathétique:
Lidia demeura inébranlable.

— N'insistez pas davantage, dit-elle, seigneur Geronimo car je sens l'envie de rire qui me prend, et malgré mon trouble, mes regrets et la pitié que vous m'inspirez, je vais éclater tout à l'heure si vous continuez à déclamer ainsi. C'est grand dommage, j'en conviens, de rompre un mariage bien assorti pour un motif aussi frivole en apparence ; mais il n'y a point de remède. Si j'épousais un Biscéliais, je croirais avoir toute ma vie don Pancrace à mes côtés. La tendresse, le respect et les égards qu'on doit à un époux né s'arrangent point avec une pareille idée. Croyez-moi, parlons de la pluie et du beau temps. Soyons bons amis, et ne pensons plus à des projets qui me sont déjà sortis de la tête.

Le chanoine rompit les chiens en feignant d'admirer les fleurs du jardin. Lidia se mit aussitôt à causer gaiement avec une si parfaite liberté d'esprit, un dégagement si visible de toute arrière-pensée, que Geronimo eut enfin la mesure de son malheur. Il n'essaya pas de se mêler à la conversation, et le chanoine, voyant de grosses larmes rouler dans ses yeux, lui fit signe de prendre son chapeau et de battre en retraite. On échangea des phrases de politesse, où l'honneur de connaître M. l'abbé, le plaisir qu'on aurait à le recevoir, furent comme autant de coups de poignard pour le pauvre Geronimo. Il n'osa qu'à peine ouvrir la bouche pour murmurer un adieu plaintif, de peur de trahir encore son fatal accent de Bisceglia. On le reconduisit jusqu'à la porte. Le père lui conscilla d'espérer, dame Filippa lui fit des signes d'encouragement, et Lidia lui donna la main d'un air amical, en répétant que c'était grand dommage, mais qu'il ne fallait plus penser à des projets absolument rompus; puis la porte s'ouvrit. Antonietto fit avancer le fiacre, le cocher fouetta ses chevaux, et Geronimo, donnant un libre cours à sa douleur, se mit à pleurer comme un enfant.

— Calmez-vous, mon ami, lui dit le chanoine. Offrez vos chagrins à Dieu et rentrez avec résignation dans le giron de l'Eglise. C'est une bonne mère qui vous consolera. Il n'est pas inutile au prêtre d'avoir connu les passions et l'adversité. Cette expérience vous servira plus tard. Etant malheureux de bonne heure, vous deviendrez avant l'âge un philosophe chrétien. Il n'y a rien de plus beau qu'un jeune homme ayant reconnu le néant des affections terrestres et méprisant les faiblesses de la pauvre humanité.

— Vous croyez donc, dit Geronimo, que tout espoir est perdu ?

— Espérer encore, répondit le chanoine, ce serait une révolte coupable contre la volonté du ciel.

— Vous en parlez à votre aise, reprit le jeune abbé. Je suis amoureux fou, entendez-vous bien ? Je ne renoncerai pas ainsi au bonheur. Je saurai me défaire de l'accent de ma ville natale et reconquérir le cœur de mon adorable Lidia ; puisqu'elle m'a aimé durant deux mois entiers sans me voir, elle peut m'aimer encore, et je n'épargnerai rien pour réveiller cette tendresse qui m'était plus chère que la vie.

— Ce que je craignais va donc arriver, dit le chanoine en soupirant ; vous grossirez le nombre des abbés extravagants. Je n'ai plus qu'un avis à vous donner : quittez cet habit et renoncez à votre bénéfice, mon enfant.

— J'y songerai, monsieur, répondit Geronimo.

Pour éviter un sujet de conversation qui ne lui plaisait point, notre abbé cacha son visage dans son mouchoir et ne souffla mot jusqu'à Naples. Aussitôt qu'il eut reconduit le chanoine à son église, il congédia le fiacre et s'enfonça dans les petites rues de la ville. Le hasard le dirigea vers le môle, où trois groupes de pêcheurs et de douaniers écoutaient les *rinaldi* récitant avec de grands éclats de voix les vers du Tasse et de l'Arioste. Un de ces narrateurs, qui déclamait assez mal, n'avait pour auditoire qu'une demi-douzaine d'enfants. Il en était au seizième chant de la *Jérusalem*, lorsque le chevalier Renaud oublie ses devoirs dans les délices du palais d'Armide, et, selon l'usage, le *rinaldo* s'arrêta pour faire la collecte en déclarant que les offrandes de la très-honorable compagnie étaient nécessaires pour délivrer le preux chevalier des liens de l'enchanteresse. Géronimo frappa sur l'épaule de l'orateur et lui glissa dans la main une pièce de vingt *grani*, en lui disant à l'oreille :

— Voici pour vos frais. Ces jeunes gens n'ont point d'argent. Annoncez-leur que je paye pour eux et que je leur réciterai moi-même la fin du morceau.

La proposition fut accueillie avec enthousiasme par les six gamins, et lorsque Geronimo monta sur la pierre qui servait de tribune, trois salves d'applaudissements attestèrent la satisfaction du public.

— Si ces drôles, pensait l'abbé, ne remarquent point mon accent de Bisceglia, je connaîtrai par là que Lidia s'est servie d'un prétexte pour me manquer de foi, et j'arracherai de mon cœur un amour dont elle n'est plus digne.

Geronimo étendit la main d'un air tout à fait majestueux et débita la trentième stance d'une voix haute et vibrante :

Egli al lucido scudo il guardo giro...

Il n'était pas arrivé au huitième vers que déjà les gamins re regardaient en souriant. Les mots de Biscéliais , de Pancrace, de comédien de San-Carlino circulaient de bouche en bouche. Un vieux matelot, assis dans un coin, s'écria :

— N'avez-vous pas de honte d'écouter braire ce *ciuccio biscegliese*, et de l'encourager à estropier les vers du Tasse ?

Un éclat de rire général interrompit l'orateur au milieu du discours d'Ubaldo. L'abbé descendit de la tribune et prit la fuite. On le poursuivit jusqu'au bout du môle en criant : Au Pancrace ! à l'âne biscéliais ! Geronimo, rentré chez lui, appela son groom :

— Petit malheureux, lui dit-il avec fureur, je ne sais à quoi tient que je ne t'assomme. Si tu m'avais averti de mon accent biscéliais, mon mariage ne serait point manqué.

— Quel accent ? répondit Antonietto. Je ne l'ai pas remarqué, Excellence.

— Tu trouves donc que je prononce purement le napolitain ?

— Excellence , comme les vieux commissionnaires de la place de Castello.

— Écoute, mon ami, ne cherche plus à me déguiser la triste vérité. Il m'importe de la connaître. Voici un demi-carlin que je te donnerai , si tu me dis sans détour ce que tu penses de ma prononciation.

— Puisque Votre Seigneurie l'exige et que ma

franchise peut lui être utile, je lui avouerai donc qu'en l'écoutant, les yeux fermés, on jurerait qu'elle porte une perruque rousse avec une queue, un gilet en tapisserie et une culotte courte, comme un certain personnage de comédie... mais en ouvrant les yeux, quel contraste ! ô surprise ! on voit un prince plus beau que le soleil. Telle est la vérité sans déguisement.

Antonietto étendait déjà le bras pour saisir le demi-carlin déposé sur la table ; mais l'abbé s'empara de la pièce de cuivre, la remit dans sa poche, et tirant le groom par l'oreille :

— Traître ! s'écria-t-il, tu me flattes encore ! Je retire la récompense que tu ne mérites point. Tu n'es et ne seras jamais qu'un *guaglione*.

Geronimo ne pouvait plus se le dissimuler. Depuis trois mois qu'il habitait Naples, il y jouait, à son insu, un personnage ridicule, et donnait le divertissement à tous ceux qu'il fréquentait. Aussitôt sa mémoire lui rappela des sourires, des chuchotements ironiques, des plaisanteries obscures, dont le sens caché se révélait aujourd'hui tout à coup. Il découvrait qu'on l'avait cent fois berné sans qu'il en eût le soupçon ; à chaque trait de lumière qui pénétrait dans son esprit, un trait plus cruel et plus profond lui perçait le cœur. Tantôt ces blessures le faisaient bondir comme un cerf, et il courait dans la chambre ; tantôt son orgueil écrasé ne lui laissait plus de forces, et il tombait anéanti dans son fauteuil, les bras pendants, le menton plongé dans les plis de son jabot. Un fantôme moqueur se dressait devant lui, et prenait tous les visages de ses amis et connaissances, les uns après les autres ; mais, quand ce fantôme se montra sous la figure adorée de sa belle Lidia, il ne put supporter cette vision, et il s'enfuit comme un échappé d'Aversa à travers les rues du vieux Naples. Il arriva à Sainte-Marie-del-Carmine. La vue des lieux où pour la première fois il avait rencontré celle qui causait sa misère lui porta un nouveau coup. Il entra dans l'église pour contempler la place où Lidia avait écouté si gentiment le sermon du prédicateur ; en se traînant le long des marbres bizarres qui ornent cette église, il trébucha contre un siége, et tomba, éperdu de douleur, sur la simple pierre où, depuis six cents ans, le jeune et infortuné Conradin, décapité par ordre de Charles d'Anjou, attend encore un vengeur.

IV

Quoique sa chute fût le résultat d'un accident, le bon Geronimo éprouva une sorte de jouissance à la considérer comme l'effet de son désespoir. Au lieu de se relever, il demeura étendu à terre, et poussa des soupirs à fendre le tombeau du dernier prince de la maison de Souabe.

— O Conradin, dit-il en gémissant, n'est-il pas affreux qu'un mortel en soit réduit à envier ton triste sort ? C'est pourtant ce qui m'arrive. Oui, je voudrais périr, comme toi, sur un échafaud. Je bénirais la hache qui me délivrerait de mon amour et de mes tourments. Je porte en moi le bourreau de mon âme, et la barbarie de Charles d'Anjou ne supporte pas la comparaison avec la cruauté de mon ingrate maîtresse.

Une voix claire et singulièrement joviale interrompit cette lamentation :

— Eh ! seigneur Tröppi, dit cette voix, que faites-vous donc là ? Il n'est plus temps de vous comparer au neveu de Mainfroi. Laissez-le dormir là-dessous, et pensons à quelque chose de gai. Une Lidia vous a donné du chagrin, une Luigia vous consolera. Ce serait joli si, à vingt ans, avec la mine que vous avez et dans une ville comme Naples, on mourait d'amour pour une maîtresse ingrate. Allons, prenez ma main, et relevez-vous.

Celui qui parlait ainsi était le clerc de notaire Marco, l'ennemi juré de la mélancolie. Sur sa large tête en forme de gourde, au fond de ses petits yeux injectés de sang et dans sa bouche fendue jusqu'aux oreilles, on ne voyait que la bonne humeur soutenue par des appétits robustes.

— Venez avec moi, poursuivit Marco en soulevant l'abbé comme un enfant. Je vous remettrai le cœur avec un verre de bon vin.

— C'est de la ciguë ou de l'opium qu'il me faut, murmura Geronimo.

— Bah ! reprit le clerc, nous verrons bien tout à l'heure si vous pensez encore à la mort.

Don Marco conduisit l'abbé à son logis, situé au marché aux poissons. Il tira d'un petit placard trois fiasques entamées.

— Gageons, dit-il, que je vous démontre par A plus B comme quoi chacun de ces flacons est de circonstance dans les terribles conjonctures où vous voilà. Celui-ci, par exemple, porte assurément le nom le plus douloureux du monde : c'est du lacryma-christi. Vous n'oserez pas soutenir que vos pleurs surpassent en amertume ceux de notre divin Sauveur. Avalez-moi ce verre d'un seul trait, pour rendre hommage aux peines du fils de la madone et vous humilier devant lui.

Geronimo but le vin et le trouva excellent.

— Et celui-ci ! reprit Marco, vous allez voir s'il se présente à propos. Que fait un amant au désespoir ? Il s'enfuit loin de son inhumaine ; il quitte sa patrie ; mais vous ne pouvez point sortir du royaume sans permission, à moins de perdre votre bénéfice. Où irez-vous alors ? En Sicile ? Eh bien ! videz ce verre de Marsala. C'est le vin du seul pays où vous puissiez traîner votre cœur éclopé. Ce raisonnement étant victorieux, *nunc est bibendum*. Quant à cette fiasque au col mince et élancé, poursuivit Marco en ouvrant la troisième bouteille, c'est pour vous que le bon Dieu l'a mise au monde. Elle contient de la moscatelle de Syracuse, ce nectar délicieux qui adoucirait les mœurs d'un Carthaginois. Jamais rien de plus suave ne sortit des cruches que penchait Hébé entre ses mains délicates. Goûtez la fine moscatelle, seigneur Troppi, et si les crêpes noirs dont votre imagination est tendue ne se changent pas en gazes plus roses que le châle de l'aurore, je vous tiens pour un homme bien malade. Nous jugerons ainsi la profondeur de votre blessure.

Les trois verres de vin étant avalés, le clerc Marco frappa sur l'épaule de l'abbé.

— Jeune homme, dit-il, allons droit au fait, et prenons le diable par les cornes. Vous êtes au désespoir ?. Très-bien !... Vous appelez la mort à votre aide ? A merveille ! mais pourquoi ? Vous n'y avez pas songé. C'est parce que vous croyez que votre ingrate est la plus belle, la plus aimable des femmes, et que jamais vous ne retrouverez un trésor qui la vaille. Or, c'est une erreur que vous partagez avec tous les amants maltraités. Il n'y en a pas un qui, dans un temps plus ou moins long, ne reconnaisse la susdite erreur. Si donc on vous obligeait à la reconnaître, sans attendre ce délai fâcheux, ne serait-ce pas autant de gagné ? Cherchez, examinez, regardez, furetez, vous verrez que le monde est tout plein de femmes belles, bonnes et aimables, et quand vous aurez vu cela, vous serez consolé, vous vous marierez et vous me ferez un cadeau de noce.

— Hélas, mon cher Marco, répondit l'abbé, je sais bien qu'il y a d'autres femmes bonnes et belles ; mais Lidia seule existe pour moi. Lidia ne m'aime point, et c'est pourquoi je veux mourir.

— Quelle diable de raison est cela ! reprit Marco. Chacun a ses goûts et ses penchants. Vous êtes amoureux ; moi j'aime le vin. Je rends justice à tous les bons crus. Le marsala me plaît ; la moscatelle m'enchante : voit-on que je sois indifférent au lacryma-christi ? Point du tout. Si vous regardiez, le matin, ces escadrons de jolis visages qui entrent dans les églises et qui vont déposer le fardeau léger de leur conscience dans l'armoire aux péchés, vous seriez étonné des richesses et de la variété de tant de jeunes appas. Faites donc comme moi, et dites-vous : «Lidia est belle; mais voici bien d'autres femmes qu'on lui peut comparer. Il serait barbare de les mépriser, parce qu'une ingrate me dédaigne ou me trompe.» C'est alors que vous serez raisonnable dans vos goûts et penchants.

— Il ne s'agit point de goûts et de penchants, s'écria Geronimo. Il s'agit d'une passion malheureuse, dont je confesse la folie, mais que je ne puis surmonter, qui m'assassine et m'inspire cette envie de mourir. Au lieu de me prêcher inutilement, dites-moi plutôt par quel moyen je pourrais me débarrasser d'une vie insupportable, sans offenser le ciel, car je ne voudrais point perdre mon âme avec mon corps.

Un éclair de malice sortit des yeux rouges du clerc de notaire.

— C'est différent, seigneur Troppi, dit-il, je déteste les esprits tracassiers. Je n'insiste plus. Débarrassez-vous de la vie. Je n'ai pas qualité pour vous suggérer l'échappatoire que vous souhaitez ; mais je vous adresserai à bonne enseigne. N'allez point demander une pareille consultation à des ignorants ou à des jansénistes. Un de mes amis qui n'est pas d'église, mais plus savant qu'un archi-prêtre, et qui a écrit sur les cas de conscience, vous indiquera le droit chemin. Attendez que je vous donne une lettre pour l'illustrissime docteur Jean Fabro.

Le clerc prit la plume, et il écrivit le billet suivant :

« Docteur Jean, je t'envoie un petit Biscéliais, qui voudrait mourir d'amour et de désespoir, sans aller en enfer. Il est riche, à moitié fou, et un peu simple. Fais-lui une histoire et une consultation. Cent piastres offertes à la madone pour racheter un crime qu'assurément il ne commettra point seront à partager entre nous deux. Ne va pas lui accorder à moins la permission de se tuer.

C'est un prix modéré qu'il payera si tu fais flatter
sa passion, en feignant de paraître convaincu de
son désespoir. »

— Avec les avis du docteur Jean, dit Marco en
pliant le billet, vous irez en paradis à l'heure
qu'il vous plaira de choisir.

Geronimo remercia son ami, prit le billet et se
rendit sur l'heure chez l'illustrissime docteur Jean,
qui demeurait à Saint-Dominique-Majeur. Un long
bout de ficelle, pendu à la muraille au fond d'une
cour, descendait du haut des combles jusqu'à un
petit écriteau sur lequel on lisait le nom de ce
savant personnage. Geronimo tira la ficelle; une
lucarne s'ouvrit tout en haut de la maison, et
une figure basanée, surmontée d'une forêt de
cheveux crépus, se présenta en manches de chemise et débraillée dans le cadre de la lucarne.
Après un court dialogue par la fenêtre, et pendant lequel les deux interlocuteurs crièrent à tue-
tête, l'abbé monta lentement au quatrième étage,
sans songer que ce Fabro avait une plaisante mine
pour un docteur. Deux grandes cornes de bœuf,
plantées sur le mur au-dessus de la porte, pré-
servaient de la *jettatura* le savant et les visiteurs.
Des cartons et quelques gros livres posés sur une
planche, une malle tenant lieu d'armoire, deux
escabeaux, une grande table chargée de papiers,
d'assiettes, d'une casserole et d'un encrier, un

méchant lit dont le désordre attestait que le docteur n'avait point de ménagère : tel était le mobilier philosophique de Jean Fabro. Avec son visage aquilin, sa poitrine velue et sa chemise entr'ouverte, l'illustrissime ressemblait plutôt à un brigand qu'à un jurisconsulte ; mais il ne lut pas moins attentivement pour cela le billet du clerc de notaire, et, prenant un air doux et compatissant :

— Que de jeunes et beaux hommes, dit-il, s'en vont ainsi, emportés par de fatales passions, comme des feuilles légères dispersées par l'aquilon furieux ! Vous pâlissez, mon ami ; on le voit à votre visage, à vos yeux éteints ; vous êtes malheureux !

— Plus que je ne puis le dire, répondit Geronimo en essuyant une larme.

— Mais d'abord avez-vous suffisamment réfléchi à votre funeste envie de mourir ?

— Ne nous écartons pas du sujet de la consultation, dit l'abbé. Pouvez-vous m'indiquer un moyen de fuir cette vallée de misères sans perdre mon âme ? Si vous le pouvez, vendez-moi ce secret : je vous en payerai le prix, et je ferai ensuite usage de la recette quand il me plaira, car je prétends en mourant prendre les mesures nécessaires pour laisser des regrets à l'injuste Lidia.

— L'expédient que je vous fournirai, reprit le docteur, est infaillible. Ce n'est point dans saint Augustin, ni saint Chrysostôme, ni saint Ambroise que nous le puiserons. Ces vieux pères de l'Église manquaient de souplesse dans l'esprit. Les casuistes espagnols sont gens de ressource, et nous irons à eux. Or, ils disent qu'en certains cas il est permis de hâter une mort certaine et douloureuse pour en abréger les tourments ; ils établissent en outre une importante nuance entre se tuer et se laisser mourir. Si donc vous sentez que votre douleur est sans remède, et qu'elle vous consumera tôt ou tard, vous êtes sans reproche en courant plus vite au terme de vos maux ; il ne faut user ni du fer, ni de l'eau, ni du feu, ni du poison ; mais il n'est point défendu de se faire saigner par un chirurgien. Ce n'est pas un crime que de dénouer ensuite la ligature, comme un petit accident le pourrait faire, et votre sang, qui se répandra de lui-même, sans que vous ayez tourné aucune arme contre vous, entraînera votre âme innocente, qui s'envolera naturellement aux cieux. Une offrande pieuse et considérable à l'Église témoignera que vous n'avez nul dessein criminel ou impie, et pour cent piastres à colonnes seulement, je me charge de vous procurer un confesseur et l'absolution. Vous lui remettrez la somme d'avance, et vous serez libre ensuite de choisir l'heure et le lieu, de façon à pénétrer votre ingrate d'un repentir déchirant pour le reste de ses jours.

— Cet expédient me paraît admirable, dit l'abbé; tout y est prévu; je ne vois point par quel endroit il pourrait pécher. Acceptez cette piastre à titre d'honoraires, mon cher docteur, et, quand j'aurai fixé l'instant de ma mort, je suivrai scrupuleusement vos avis.

Tout simple qu'il était, le bon Geronimo avait sa petite part d'astuce; tous les Italiens sont nés diplomates. En ruminant son cas de conscience, il se demanda de quelle utilité lui serait un intermédiaire comme Jean Fabro, et si le premier confesseur venu refuserait jamais une absolution au prix énorme de cent piastres fortes. Il y avait d'ailleurs imprudence à donner d'avance une si grosse somme : le désespoir peut s'amender au moment suprême; on a vu des gens résolus à mourir se manquer et revenir à la vie. La madone ne rendait pas l'argent une fois payé. Le plus sage était donc de laisser les cent piastres à l'Église par testament, d'exécuter ensuite le fatal projet, et d'appeler un confesseur avant de franchir le dernier pas. Ce fut à ce dessein mûrement pesé que s'arrêta le pauvre abbé. Quelques jours de délai lui donnèrent la certitude qu'il ne pouvait vivre sans sa Lidia. Un matin, il se fit saigner au bras gauche par son barbier, en prétextant des maux de tête, et après avoir déposé son testament en main sûre, il se rendit en fiacre à Saint-Jean-Teduccio, accompagné d'Antonietto, qui chantait derrière la voiture sans se douter que son maître marchait à la mort au grand trot. A vingt pas de la maison de Lidia, le cocher arrêta ses chevaux, comme il en avait reçu l'ordre en partant. La mine éveillée du petit groom se posa sur le bord de la portière.

— Que désire Votre Excellence? dit le gamin.

— Tu vas sonner, répondit l'abbé, à la porte de la divine Lidia. La servante viendra ouvrir. Tu te jetteras la face contre terre en poussant des cris lamentables, et tu lui diras ces mots : « Appelez vite la signora, qu'elle ne tarde pas, mon patron est là, mourant dans un fiacre. Il n'a pas cinq minutes à vivre, et demande à dire à votre maîtresse un éternel adieu. » Aussitôt que la signora se sera précipitée, tout en pleurs, hors de la maison, tu l'amèneras ici, et tu courras à l'église chercher un prêtre.

Antonietto, persuadé que son maître se préparait à jouer la comédie, fit un clignement d'yeux de malice et de connivence. Il se dirigea vers la maison, et revint ensuite au fiacre :

— Excellence, dit-il, si la contessine s'informe de quoi se meurt mon infortuné patron, lui répondrai-je en pleurant que c'est d'amour et de douleur ?

— Non, tu lui diras qu'on m'a saigné au bras, que j'ai arraché ma ligature et que je suis baigné dans mon sang.

— Très-bien, Excellence.

Lorsque l'abbé eut entendu le coup de sonnette de son groom, les cris plaintifs, les sons de voix lamentables, les paroles entrecoupées, et toute l'exposition de la comédie jouée par Antonietto avec un véritable talent, il ôta son habit, releva la manche de sa chemise et porta la main à sa ligature.

— Un moment ! pensa-t-il, si Lidia n'était pas au logis, ma mort ne produirait point d'effet.

Et il attendit, la tête à la portière; mais, quand la belle veuve parut à la fenêtre pour demander la cause de ces cris, Geronimo dénoua lentement et d'une main tremblante la longue bande de toile qui lui serrait le bras. En voyant la compresse tachée de sang tomber sur ses genoux, il recommanda son âme à Dieu, un nuage passa devant ses yeux, un bruit semblable à celui de la mer bourdonna dans ses oreilles; la pâleur de la mort se répandit sur son visage ; il pencha sa tête sur son épaule comme le beau Narcisse, et s'évanouit.

V

Le bon Geronimo se croyait réellement en route
pour l'autre monde. Il y serait peut-être allé, s'il
n'eût oublié, dans son trouble, de rouvrir sa
blessure avec ses ongles, comme il en avait d'abord
le projet. La peur et l'émotion avaient causé son
évanouissement. Lidia, qui était accourue aux cris
du petit groom, trouva l'abbé couché dans le fiacre, le bras nu, la manche de sa chemise relevée
jusqu'à l'épaule, les yeux ternes et la bouche entr'ouverte. Ce spectacle pitoyable toucha la jeune

veuve. Quoiqu'il n'y eût point de traces de sang, on voyait bien que Geronimo avait essayé faiblement de se donner la mort, et qu'une circonstance presque indépendante de sa volonté l'avait empêché d'accomplir son suicide. Lidia rattacha vivement compresse et ligature, jeta de l'eau fraîche au visage du malade, lui frotta le nez et les tempes avec du vinaigre, et le remit sur les pieds en un moment. Geronimo ouvrit les yeux, reprit ses couleurs naturelles et se sentit aussi vivant et aussi bien portant qu'il était possible à un amoureux accablé de chagrin. On le conduisit à la maison, et toute la famille le gronda doucement.

— Savez-vous, lui dit la jeune veuve, que cela est fort mal? Venir ainsi mourir à ma porte, faire un scandale qu'on m'aurait reproché, comme si c'eût été ma faute! On aurait parlé de cette histoire pendant dix ans. Enfin nous en voilà quittes pour un peu de bruit. Vit-on jamais un homme se tuer pour des plaisanteries sur son accent? Vous avez eu là une véritable idée de Biscéliais. Gardons-nous de raconter cette aventure, car don Pancrace en donnerait le spectacle au public de San Carlino. Allons, seigneur Geronimo, remettez-vous de cette alarme, et surtout renoncez à de telles extravagances.

Le curé de Saint-Jean-Teduccio arriva, conduit par Antonietto, qui avait joué son rôle jusqu'au bout. Ce curé était un bon homme ; il fit à l'abbé un petit sermon et lui promit le secret. De son côté, Geronimo jura qu'il ne penserait plus à la mort, et il remonta dans son fiacre pour retourner à Naples, corrigé de sa folie et honteux de son équipée. Cependant sa confusion était agréablement tempérée par le sentiment de sa résurrection. Le soir, il jouait une partie de *scoppa* dans un café de la rue de Tolède, lorsqu'une femme le vint appeler : c'était la servante de la jeune veuve.

— Ma maîtresse, lui dit cette femme, m'envoie à la ville, seigneur Geronimo, pour vous dire qu'elle vous prie bien fort de vivre, que vous lui feriez de la peine et la désobligeriez en songeant encore à mourir, qu'il faut venir la voir souvent, comme ses autres amis, et qu'elle vous apprendra volontiers à prononcer purement le napolitain.

Cette attention délicate rendit l'espérance au pauvre abbé. Il s'empressa d'y reconnaître un encouragement, et il ne douta plus qu'en prenant des leçons de napolitain, l'élève ne dût bientôt inspirer au professeur une tendre inclination. Le lendemain, il se rendit chez sa belle pour montrer de la docilité. Ses cinq rivaux l'avaient devancé ; mais il ne témoigna point de jalousie, et fit avec eux assaut de galanterie. Deux de ces rivaux avaient des prétentions au bel esprit. Geronimo leur tint tête sans affectation, et s'il n'eut pas toujours l'avantage dans les escarmouches de bons mots, il racheta ses défaites par la modestie et la bonne humeur. Deux autres rivaux, vêtus de gilets en poil de chèvre et de cravates roses, couverts de chaînes d'or et de breloques, étaient des modèles de dandysme que notre abbé ne pouvait pas prétendre égaler en luxe et en magnificence. Il se contenta de lutter avec eux par la grace des attitudes. Le Calabrais seul, avec ses regards farouches et son ton brusque, lui inspira autant de crainte que d'antipathie, mais Geronimo évita soigneusement toute discussion qui aurait pu dégénérer en querelle. On se moqua un peu de son accent et de ses naïvetés biscéliaises; il ne s'en fâcha pas et prit la plaisanterie sans aigreur. La tante Filippa, qui le protégeait, vint à son secours, et Lidia le complimenta de son bon caractère.

La position de Geronimo était déjà meilleure après cette visite. Malheureusement, il commit tout de suite une faute. Au lieu de soutenir son rôle d'amoureux modeste et de causeur sans prétention, il voulut combattre ses rivaux avec leurs armes, hormis pourtant le Calabrais qu'il laissa prudemment de côté. Il appela son tailleur et lui commanda un habit d'une coupe romantique de son invention. Une chaîne d'un mètre circula, comme un serpent, autour de sa cravate et de son gilet. Un paquet de breloques pendit à sa ceinture. Quoiqu'il eût la vue excellente, il ne regarda plus qu'avec un lorgnon d'or, et la pomme de sa canne fut ornée d'un lapis gros comme le poing. Ces emplettes coûtaient cher. Il s'endetta pour les payer, et, quand il se présenta dans cet équipage de petit-maître, Lidia se mit à rire de si bon cœur, qu'il en perdit la tramontane. L'habit, qu'il croyait d'une élégance irréprochable, excita surtout la gaieté de la compagnie entière. Pour comble de disgrâce, le Calabrais poussa le sarcasme jusqu'à la grossièreté, sans que Geronimo osât répondre à ses injures, en sorte que le pauvre abbé se retira doublement mortifié.

Ce fut le hasard plutôt que le bien jouer qui releva notre amoureux de cet échec. Un samedi matin, les deux dandys arrivèrent à Saint-Jean-Teduccio avec une loge pour le théâtre de San-Carlino. Ils n'avaient point encore vu les affiches de spectacle; mais ils ne doutaient pas que la pièce nouvelle qu'on donne chaque samedi sur ce petit théâtre ne contînt le rôle obligé du Pancrace bis-céliais. L'un des deux élégants tira de sa poche la clé de la loge pour la remettre à Lidia, en faisant sonner bien haut les douze carlins que lui coûtait cette galanterie, et il exprima le désir que le seigneur Geronimo fût de la partie. L'abbé entra précisément comme on parlait de lui.

— Nous allons ce soir à San-Carlino, lui dit la jeune veuve étourdiment, et je vous offre une place. Vous comparerez le biscéliais au napolitain ; ce sera une excellente leçon.

— C'est-à-dire, répondit Geronimo, que vous voulez me comparer à don Pancrace. Puisque cela vous amuse, je n'ai garde de vous refuser ce plaisir. J'irai à San-Carlino, et nous verrons à quel point je ressemble à un vieux bouffon.

Malgré son heureux caractère, l'abbé ne put dissimuler son dépit en songeant au ridicule dont il était menacé. Pour adoucir son chagrin, Lidia le retint à dîner. Elle lui servit de sa belle main tant de *ravioli*, de *lazagni* et de tranches de veau à l'*humide*, qu'il se sentit plein de patience et de gaieté en sortant de table. Un fiacre envoyé de Naples vint chercher la compagnie à l'heure de l'*Angelus*, et Geronimo partit avec dame Filippa et sa nièce. Lorsque le carrosse entra dans la ville, l'abbé chercha du regard les affiches de spectacle. Ce fut à la porte du théâtre seulement, et en payant le fiacre, qu'il lut le titre de la pièce nouvelle : *le Jettatore*, *avec Pancrace biscéliais*. Les élégants, les beaux esprits et le Calabrais étaient déjà dans la salle. On avait frappé les trois coups. Le petit orchestre jouait l'ouverture. Enfin la toile se leva, et l'on vit arriver don Pancrace affublé de tous les préservatifs des mauvais sorts : les cornes de bœuf, les mains de corail, le rat en lave du Vésuve, le cœur, les fourches et le serpent. Un éclat de rire l'accueillit à son entrée, selon l'usage, et puis il s'avança d'un air piteux au bord de la rampe pour confier au public ses frayeurs superstitieuses.

— Messieurs, dit-il, si j'ai oublié quelque chose, avertissez-m'en, par charité. Ces grosses cornes que je porte sous chaque bras préservent mon front d'un pareil ornement. Ce n'est pas ce qui me tourmente le plus ; dame Pancrace est incapable de me manquer de fidélité. En tournant cette main de corail, dont l'index et le petit doigt sont ouverts du côté des gens de mine suspecte, j'éviterai les influences pernicieuses. Ce rat est chargé de ronger tous les papiers, timbrés ou autres, qui pourraient me donner du souci. Cette fourche m'empêchera de m'égarer dans mon chemin, et ne manquera pas d'écarter tous les petits accidents. Ce serpent me gardera des mauvais tours et perfidies, et ce cœur de cornaline est un talisman certain contre les embûches et la coquetterie des femmes de ce pays. Mon attirail est complet, et l'on m'a dit qu'à présent je pouvais me hasarder dans la rue de Tolède. Je vois avec satisfaction qu'on est en sûreté à Naples, et qu'à moins

d'oublier une seule précaution , un homme prudent ne court aucun risque dans cette capitale ;
cependant je ne suis pas sans inquiétude. J'ai fait
un mauvais rêve, et j'ai grande envie de retourner à Bisceglia.

Sur ce, don Pancrace racontait son rêve , d'où
il tirait toutes sortes de pronostics. Au milieu de
ses hypothèses , il voyait la figure hétéroclite de
Tartaglia, ainsi nommé à cause de son bégaye-
ment. Le Tartaglia est un type napolitain en
grande faveur, comme le Pancrace. Il représente
le Méridional usé par le climat, souffrant d'une
ophthalmie chronique et dans un état voisin du
crétinisme. Ses joues creuses, son long nez sur-
monté d'énormes lunettes bleues, son air malade
et son vice de prononciation, constituent les signes
particuliers du jeteur de sorts, dont la rencontre
est dangereuse. En effet, tous les accidents possibles viennent fondre , en un jour, sur le pauvre
Pancrace. Tandis qu'il s'embrouille dans ses amu-
lettes, un filou lui vole son mouchoir, un autre sa
tabatière, un troisième sa montre. Polichinelle se
déguise en huissier pour lui signifier un faux
exploit. Une fille délurée feint de le prendre pour
son amant que des corsaires avaient emmené en
Barbarie ; elle l'embrasse et l'obsède de ses ca-
resses. Pancrace veut s'enfuir, un fiacre le ren-
verse dans la boue. Il se relève furieux , mais

gréant contre les embarras, les filous et les filles délurées de Naples , lorsque deux jeunes gens charmants, en gilet jaune, avec breloques, chaînes d'or et lorgnons, l'abordent poliment et l'aident à se nettoyer. « Se peut-il, seigneur Pancrace , lui disent-ils , qu'une personne de votre qualité se trouve en cet état ? Combien nous sommes heureux de pouvoir vous secourir et vous guider dans cette ville que vous ne connaissez pas ! Prenez bien garde aux escrocs, et défiez-vous de tout le monde , sans exception. Holà ! garçon ! une brosse, une serviette et de l'eau pour le seigneur Pancrace. »

Une si heureuse rencontre enchante le Biscéliais , qui s'extasie sur les belles manières et la politesse des élégants de Naples. Ce n'est point assez que de l'aider à brosser ses habits, ces aimables jeunes gens veulent encore le régaler et jouir au moins pendant quelques minutes de l'honneur de sa conversation. Ils frappent sur les tables du traiteur avec leurs badines et commandent au garçon de servir au seigneur Pancrace ce qu'il y a de meilleur et de plus cher : du riz aux petits pois, des côtelettes frites à la milanaise, des œufs à la coque, des raves, de la salade de concombres. Pancrace préfère à tout cela le macaroni classique ; on lui en sert un *rotolo*, qu'il absorbe en le dévidant avec ses doigts. Pendant ce temps-là , les deux élégants déjeunent et vident les plats raffinés dont le Biscéliais n'a pas voulu ; puis ils échangent un signe d'intelligence, se lèvent, prennent leurs chapeaux, se confondent en salutations et s'éloignent, laissant au pauvre Pancrace un quart d'heure de Rabelais fort onéreux pour sa bourse de Biscéliais économe. Le vieillard ne peut croire qu'il soit encore dupe de sa crédulité. Avec les conjectures bizarres qu'il imagine sur l'absence des jeunes *don Limone*, il divertit le public, et finit par payer la carte, non sans marchander. Pancrace s'en prend de ses malheurs au *jettatore* Tartaglia ; il saute à la gorge du vieux bègue pour l'étrangler ; on l'arrête et on le mène au violon, d'où il ne sort qu'en accordant sa fille au jeune premier ; après quoi le Biscéliais donne au diable les talismans inutiles et retourne dans son pays en jurant de ne revenir à Naples... que le lendemain, pour jouer encore devant l'assemblée qui voudra bien honorer le théâtre de sa présence.

Les cinq rivaux de notre abbé répétaient à l'envi les lazzi et les malédictions du vieillard superstitieux et bafoué. Geronimo ne riait que du bout des dents ; mais son tour vint, quand la gueuserie industrieuse des *don Limone* et leur fugue honteuse excitèrent les rires et les quolibets. Les deux rivaux élégants se mordaient les lèvres ;

l'abbé s'amusa de leur embarras, et, comme Lidia lui tint compagnie, il se crut assez vengé de la comparaison entre Pancrace et lui.

Le spectacle fini, notre abbé regarda sa montre : il était *une heure avant minuit.* C'est le moment où commence ce qu'on appelle en Italie la seconde soirée. Geronimo proposa un tour de promenade dans la ville. Le Calabrais s'était emparé du bras de Lidia ; Geronimo offrit le sien à sa tante, et les autres jeunes gens suivaient deux à deux par derrière. L'abbé invita les dames à prendre des glaces. On s'installa au *Café de l'Europe* devant une table qui fut bientôt chargée de granites, de sorbets et de limonades. Quand on eut tout avalé, une certaine rêverie s'empara des hommes, et la conversation tomba. L'un des élégants demanda la *Gazette des Deux-Siciles*, l'autre le *Salvator Rosa.* Les deux beaux esprits firent semblant de lire la *Quotidienne* et les *Débats,* quoique la langue française fût pour eux de l'hébreu. Le seigneur calabrais fredonnait un air en regardant le ciel.

— Allons, ma nièce, dit la tante Filippa, il est temps de partir. Nos lits sont à une lieue d'ici,

— Il faut faire notre marché avec un fiacre, dit la jeune veuve.

— Je me charge de ce soin, s'écria le Calabrais en quittant la table avec empressement.

— L'un des elégants, se penchant à l'oreille de l'autre, le pria de payer la dépense.

— J'ai oublié ma bourse à la maison, lui répondit son ami.

— Et moi je laisse toujours la mienne à mon domestique. Je ne puis comprendre ce que fait cette canaille-là.

Les deux beaux esprits se plongèrent plus profondément dans les journaux français.

— C'est comme dans la pièce de tout à l'heure, dit Lidia en faisant un rire mélodieux.

— Bravo ! s'écria dame Filippa en se tenant les flancs ; où est le don Pancrace ? Appelez don Pancrace pour payer le compte. Faites-le revenir de Bisceglia, car je vois bien que lui seul ici a de l'argent, et qu'il ne faut pas se fier aux grands airs des *don Limone*.

— Messieurs, dit Geronimo, j'avais prévu votre empressement ; mais, comme j'ai offert des glaces à la compagnie, je ne puis souffrir qu'un autre paye la dépense, c'est pourquoi j'ai remis d'avance une piastre au garçon de café.

Le Calabrais revint avec une calèche de place. Tandis qu'il y faisait monter Lidia, la vieille tante prit à part Geronimo et lui dit tout bas :

— La Madone protége les jolis garçons. Voilà une heureuse soirée pour vous ; je vais parler à ma nièce.

VI

Encouragé par les paroles de la tante Filippa,
l'abbé revint à Saint-Jean-Teduccio le lendemain.
Il n'y trouva pas un de ses rivaux. Sans espérer
déjà qu'on lui cédât la place, il comprit à cette dé-
sertion que le sentiment de leur défaite retenait
les galants à la ville.

— Seigneur Geronimo, dit la belle veuve, vous
êtes un homme raisonnable ; depuis votre dernière folie, je vois avec plaisir que vous êtes corrigé, guéri, et que vous ne songez plus à me faire

la cour. C'est très-bien ; je vous en sais beaucoup de gré. Continuez ainsi, et vous aurez une place particulière entre tous mes amis.

— Oui, répondit l'abbé en soupirant, vous me donnerez une place dans votre *cœur* pour voir le service funéraire de mon amour (1).

— Qui sait, dit Lidia, quelle messe on chantera dans mon église ? Si j'en croyais ma tante Filippa, ce ne serait pas une messe des morts.

Geronimo, ranimé par ces paroles encourageantes, allait hasarder une explosion passionnée avec génuflexion, quand un coup de sonnette arrêta l'élan de son amour. Deux voisines entrèrent, et peu après vint le seigneur calabrais, son large chapeau rabattu sur les yeux, de l'air d'un conspirateur mécontent.

— Eh ! qu'avez-vous ? dit Lidia, quel forfait méditez-vous, don Giacomo ? Auriez-vous le dessein de dévaliser un voiturin ? Il ne fait pas bon voyager en Calabre ce matin, à ce qu'il paraît ? De grâce, si vous rencontrez un jeune abbé dans vos montagnes, épargnez-le, je vous en prie.

— Votre préférence pour les jeunes abbés, répondit don Giacomo, pourrait bien me donner l'envie de les détrousser à la mode de mon pays.

(1) Avec la prononciation napolitaine, le jeu de mots est le même en italien qu'en français.

— Fi! seigneur Giacomo, reprit Livia, vous parlez comme un brigand.

— Il veut me chercher querelle, pensa l'abbé, mais je ne m'y exposerai point ; je ne suis pas de taille à lutter contre un duelliste de profession.

— Les brigands, répondit le Calabrais, tuent des gens sans défense, tandis que moi je me bats loyalement, à armes égales. Il dépend d'ailleurs des petits abbés de n'avoir rien à démêler avec moi ; qu'ils ne viennent point chasser sur mes terres.

— Il faudrait savoir, dit Geronimo avec douceur, en quelles provinces sont vos terres, seigneur Giacomo. Si elles figurent sur la carte des Calabres, je ne les irai pas chercher ; mais la paroisse de San-Giovanni-Teduccio ne fait pas sans doute partie de vos domaines.

— Peut-être, répondit le Calabrais en haussant le ton.

— Et moi, s'écria la jeune veuve, je vous déclare qu'il n'y a pas un pouce de terrain à vous ici, que vous ne mettez le pied dans ma maison qu'avec ma permission et qu'en vous arrogeant le droit de donner des leçons à mes amis en ma présence, vous m'en donnez à moi-même indirectement, et que je le trouve mauvais, entendez-vous bien ? et que tout homme, tout robuste et tout brigand que vous êtes, je vous arracherais les deux yeux en un tour de main ; et nous verrons, quand je les aurai dans ma poche, si la fanfaronnade les fera briller comme à présent. Et il faut vous persuader qu'on ne me fait point peur, et que s'il y a des abbés parmi mes amis, vous les souffrirez comme les autres ; que si vous ne m'approuvez point, je m'en soucie comme de cela, et que les rodomontades n'ont pas de succès avec moi, et que vous prenez un chemin qui vous mènera peut-être en Calabre, mais non pas dans les bonnes grâces de votre servante.

—Ne vous emportez pas à mon sujet, madame, dit Geronimo. Le seigneur Giacomo plaisante. Il sait bien que je n'ai point envie de lui manquer.

—Je pense, en effet, répondit don Giacomo, que vous ne l'oseriez pas en face ; mais je ne souffre pas plus les impertinences doucereuses et enveloppées de politesse que les offenses toutes nues.

— Quelles impertinences nues ou habillées trouvez-vous donc dans mes paroles ? demanda l'abbé avec modération.

— C'est ce que je vous ferai savoir par mes seconds, dit le Calabrais d'une voix de stentor, à moins que de bonnes excuses en présence de ces dames...

— Je ne m'excuse point de paroles que je n'ai pas prononcées et d'intentions que je n'ai pas eues, dit Geronimo.

— Que ne suis-je un homme ! s'écria Lidia. J'aurais déjà jeté mes gants au visage de ce *guapo* (1).

— Nous verrons demain si je suis un *guapo*, reprit le Calabrais en criant à briser les vitres. Aussi bien, je n'ai plus de ménagements à garder ici, puisqu'on me traite en ennemi. Vous aimez les abbés, signora ; eh bien ! je leur tondrai les cheveux jusqu'aux oreilles inclusivement, à vos abbés ; et sur ma foi et mon salut, je vous promets que demain il y aura un abbé de moins sur la terre, et que, s'il refuse de se battre, je lui romprai les os de telle sorte qu'il ne sera jamais ordonné par monseigneur l'évêque.

— Un moment ! dit Geronimo. Puisque vous le prenez ainsi, mieux vaut me battre que d'être assommé. Dieu m'est témoin que je ne suis point méchant, que je n'ai point cherché cette querelle et qu'on m'oblige à sortir de mon caractère. J'en suis sorti à présent et vous pouvez m'envoyer vos seconds quand vous voudrez ; je vous mon-

(1) Le *guapo* napolitain est un fanfaron qui rappelle le *capitan* de l'ancienne comédie de la foire Saint-Laurent.

trerai peut-être qu'un abbé sait manier l'épée au besoin.

— Les gens d'Église ne se battent pas, répondit le Calabrais avec moins d'emportement.

— Il s'en trouvera un qui se battra demain, reprit Geronimo, et d'ailleurs, en donnant ma démission, je puis déposer à la minute collet et rabat. Je m'en dépouillerai avec plaisir pour vous apprendre qui je suis.

— Je vous donne cinq minutes pour rétracter vos paroles, dit le Calabrais.

— Il est trop tard, répondit l'abbé. Allez au diable et ne m'échauffez pas davantage, car je me sens assez de colère pour tuer dix fanfarons comme vous.

— Demain vous aurez sans doute réfléchi, et vous deviendrez plus sage. Adieu, seigneur Geronimo.

Don Giacomo salua les dames, rabattit son chapeau sur ses yeux, et fit une sortie de théâtre.

— Il a baissé le ton, dit une voisine. C'est un *guapo*.

— N'en doutez pas! s'écria Livia, c'est un *guapo*. Vous le ferez mettre à plat ventre, si vous le poussez.

— *Guapo* ou non, dit l'abbé hors de lui, je le mènerai tambour battant. Ah! il m'insulte, et il veut encore des excuses ! Je me ferai couper en cent morceaux avant que ma bouche prononce une seule excuse.

— Calmez-vous, dit la tante Filippa. Votre ennemi est parti.

Cette remarque de la tante apaisa la fureur de notre abbé, mais elle diminua d'autant son courage. Le pauvre garçon avait besoin de son exaspération pour affronter l'idée d'un duel. Jamais son esprit n'avait encore imaginé que le destin le pût conduire à une pareille extrémité. En quittant la compagnie, Geronimo prit à pied le chemin de Naples pour réfléchir à la terrible affaire qui lui tombait sur les bras. Il se voyait rapporté chez lui sur une civière, avec un trou dans le corps, et le paysage de Capo-di-Monte, avec ses cyprès et ses tombes, formait un horizon lugubre au tableau. En repassant dans sa tête l'histoire de ses amours, il se demanda s'il n'eût pas mieux valu pour lui s'être donné une entorse la veille de l'Assomption que d'aller à Santa-Maria-del-Carmine. Aucun drame, aucune tragédie ne lui paraissait égaler en horreur sa situation présente, et dans ce moment un sermon sur le danger des passions l'eût touché profondément. Les paroles de son vieil oncle lui revenaient à la mémoire : « Garde-toi des *don Limone* et des femmes napolitaines ! » Un coup d'épée est bientôt

reçu ; adieu les douceurs du bénéfice, la tranquillité de la vie ecclésiastique, les parties de *scoppa*,
la musique, les limonades, l'eau fraîche de la
fontaine du *Lion*, les jouissances du désœuvrement, la perspective d'un avenir aisé, d'une carrière sûre et lucrative! La mort pouvait confisquer
tout cela, pour un mot imprudent ; mais aussi,
à l'idée de céder la place à un matamore et de
renoncer à sa Lidia, la jalousie éveillait dans son
âme des mouvements plus impétueux que le courage même.

— Plutôt la mort ! s'écriait Geronimo en gesticulant comme un possédé sur le pont de la Madeleine. Eh ! n'ai-je pas déjà voulu mourir ? Ne l'aije pas vue de près, cette mort si redoutée des
cœurs faibles ? Je la braverai encore une fois.

En dînant au cabaret, notre abbé confia son
aventure à deux jeunes gens experts en matière
de point d'honneur, et qui acceptèrent la mission
difficile de témoins. Il leur déclara que non-seulement il ne ferait point d'excuses, mais qu'une
rencontre était le seul parti qui lui convînt, à
moins que son adversaire ne lâchât pied complétement, à quoi les deux témoins répondirent qu'il
n'y avait guère d'apparence, et que le duel semblait inévitable, si l'on considérait le courage
bien connu du seigneur Giacomo. Après avoir
donné ces instructions sévères, Geronimo rentra

chez lui pour mettre ordre à ses affaires. Il écrivit à sa Lidia une lettre déchirante qu'il arrosa de ses larmes, une autre à son vieil oncle, et diverses épîtres à ses protecteurs, pour leur annoncer qu'avant de se battre, bien contre son gré, il avait renoncé à sa condition de bénéficiaire ecclésiastique. Ces préparatifs sentaient d'une lieue la mort violente. Le cœur du pauvre Geronimo se serrait, des exclamations sinistres s'échappaient de ses lèvres, et le bâton de cire à cacheter tremblait entre ses mains sans réussir à se placer au-dessus de la flamme de sa bougie. En face de lui, l'abbé aperçut son petit domestique, dont les yeux pétillants observaient ses mouvements incertains.

— Antonietto, Antonietto ! dit le patron d'une voix caverneuse, regarde bien ton maître ; réjouis tes yeux par la contemplation d'un ami que tu vas perdre. Sers-le avec un redoublement de zèle, car c'est pour la dernière fois !

— Votre Seigneurie m'abandonne ! s'écria le gamin ; elle manque à toutes ses promesses et prend un autre valet de chambre ?

— Non, mon fils ; celui qui va paraître devant Dieu, celui qui marche à une mort certaine, à une véritable boucherie, comme un agneau sans défense, n'a plus besoin de serviteur.

— Elle plaisante, Votre Seigneurie? dit le groom.

— Je ne plaisante pas, Antonietto; il est trop vrai que je vais mourir.

— Elle a donc encore un chagrin dont elle n'espère point se guérir ?

— Je vais me battre demain, entends-tu cela? me battre en duel avec un homme féroce, qui a déjà tué plus de quarante personnes à coups d'épée !

Le gamin leva les yeux au ciel, et fit claquer sa langue contre son palais, ce qui veut dire, en italien : « Vous vous gaussez de moi, je n'en crois rien ! » Mais, quand son maître lui eut narré l'épouvantable querelle du matin, Antonietto invoqua tous les saints en accompagnant ces prières de signes de croix multipliés, comme s'il eût été lui-même à deux doigts de la mort.

— L'honneur exige cet affreux sacrifice, reprit Geronimo; cet homme m'a insulté devant des femmes, devant l'aimable Lidia, qui a pris en vain ma défense. Il faut qu'un de nous deux enfonce son épée jusqu'à la garde dans le cœur de l'autre. Oh! ce sera un horrible massacre !

— A votre place, je ne me battrais point, dit le petit domestique.

— Tu ne comprends pas, dans ton innocence, les règles du point d'honneur, mon ami. Si tu avais vu le spectacle effroyable de la colère où m'avaient mis les insultes de mon adversaire, tu ne chercherais pas à me détourner de me battre. A moi, démons et furies! soufflez vos poisons dans mon âme! entretenez le feu de ma rage et de mon indignation!

— Ne criez pas ainsi, patron, dit le gamin en passant de l'autre côté de la table, vous me faites mourir de peur.

Geronimo, exalté par la frayeur de son domestique, redoubla ses cris et ses imprécations. Il se promena de long en large en défiant son adversaire, et porta dans les murailles des bottes énergiques avec sa canne.

— Ne tremble pas, mon fils, reprit-il ensuite avec majesté; retire-toi, et n'oublie pas de m'éveiller demain au point du jour. Mes témoins viendront au lever de ce dernier soleil de ma vie. Je vais écrire mon testament, et je te laisserai quelque chose, si l'état de mes affaires le permet, car j'ai des dettes. Tu feras dire une messe pour le repos de mon âme. Va, je te donne, en attendant, ma bénédiction.

— Patron, je vous obéis; mais est-ce que les lois permettent à des chrétiens de se massacrer entre eux?

— Toutes les lois divines et humaines s'y opposent, l'honneur seul demande des flots de sang. Voilà le tragique de cette infernale aventure.

— Merci, patron ; c'est tout ce que je voulais savoir. Ah ! que je suis aise de n'être qu'un pauvret trop au-dessous de ce bel honneur pour lui donner des flots de mon sang !

Antonietto se retira dans sa chambrette, mit à la hâte sa cravate noire des dimanches et son bonnet de laine rouge, et couvrit ses épaules nues d'un vieux collet de carrick jaune qui lui servait de manteau.

— Je t'empêcherai bien de te faire tuer, vilain fou de patron, disait-il en courant comme un lièvre dans les rues de Naples.

Il arriva tout essoufflé au bureau de la *polizia*, le rusé Antonietto, et il se glissa, comme un lézard, au milieu d'un groupe de pêcheurs et de cochers de fiacre en contravention. Un autre enfant de son âge grattait à la porte de M. le secrétaire.

— Qu'est-ce que tu viens faire ici ? dit-il à cet enfant.

— Une dénonciation.

— *Aussi moi;* et de quelle sorte ?

— Mon patron doit se battre demain en duel.

— *Aussi le mien.* Serait-ce pas don Giacomo le Calabrais, ton patron ?

— Et le tien, don Geronimo le Biscéliais ?

Les deux gamins se fendirent la bouche jusqu'aux oreilles en faisant un rire muet.

— Mon patron, reprit Antonietto, est un homme dangereux. Il tuerait le tien sans aucun doute, car il crie à se briser la poitrine, et se prépare au combat en perçant les murs de sa chambre comme des écumoires.

— Le mien a commencé ainsi ; mais depuis que deux témoins lui ont donné rendez-vous à la porte de Capoue, il n'a plus rien dit, et s'est mis à plier ses habits dans sa malle.

— Ouais ! pensa Antonietto ; c'est un *guapo*. Le seigneur Geronimo aura l'honneur de le faire reculer.

— Si bien donc, reprit l'autre gamin, qu'après avoir fermé cette malle, mon patron m'a donné une demi-piastre en me disant : « Va-t'en à la *polizia;* demande à parler au secrétaire, et avertis-le que je dois me battre demain, que j'ai rendez-vous à sept heures à la porte de Capoue, et surtout ne dis à personne que c'est moi qui t'ai envoyé à la *polizia.*

— Bravo! s'écria Antonietto. Je n'ai plus besoin ici. Fais ta commission, mon cher, et si tu ne réussis pas à parler au secrétaire, tu peux regarder ton patron comme mort et enterré. Le mien ne m'a point envoyé. Je suis venu de mon propre mouvement; mais je réfléchis que cela est inutile.

J'aime autant qu'il se batte, puisqu'il m'a promis de me laisser quelque chose sur son testament. Adieu ! je m'en vais.

Antonietto passa entre les jambes des pêcheurs en contravention et se sauva en courant de toutes ses forces. L'Aurore mettait sa robe rose quand le gamin éveilla son maître, et le soleil ne montrait que la moitié de son visage lorsque les deux témoins arrivèrent. Ils rendirent compte à Geronimo des conférences de la veille. L'adversaire, après avoir beaucoup crié, s'était radouci ; mais on n'avait pas pu s'entendre, et le rendez-vous était fixé pour sept heures. L'abbé ne témoigna ni surprise ni effroi ; son émotion ne se trahissait que par une légère pâleur. Il offrit du café à ses amis, en plaisantant comme à l'ordinaire. On envoya chercher un fiacre, et Antonietto grimpa derrière le carrosse en criant au cocher ; *Porta Capuana* ! A la sortie de la ville, sur la route d'Averse, on descendit de voiture.

— Nous arrivons les premiers, dit un des témoins ; mais nous avons cinq minutes d'avance.

Cependant les cinq minutes s'écoulèrent, et l'on ne vit rien.

— Cela devient inquiétant, dit l'autre témoin.

Antonietto, qui guettait comme un furet, tira ce témoin par le pan de son habit.

— Chut ! lui dit-il tout bas, il ne viendra point.

Il a envoyé hier son domestique à la police. Remontons en carrosse, et allons-nous-en, de peur des gendarmes.

Un autre fiacre arriva pourtant à la porte Capuane, et l'on en vit descendre les deux seconds du seigneur Calabrais.

— Messieurs, dit l'un d'eux, nous vous demandons mille pardons de vous avoir fait lever si matin pour une fanfaronnade. Don Giacomo est parti, et nous avons reçu l'avis d'une dénonciation envoyée par lui-même à la police. Si nous ne sommes point arrêtés par les gendarmes, c'est que la mesure devient inutile et le combat impossible, l'un des combattants ayant décampé.

— Si vous m'en croyez, dit Geronimo, nous irons déjeuner ensemble.

— Avec tout cela, dit Antonietto, j'ai agi contre mon intérêt, et je perds un superbe héritage.

On entra dans une *locanda* où l'on mangea gaiement et de bon appétit.

— Nous publierons partout, dirent les quatre témoins, le courage de don Geronimo et la poltronnerie de son adversaire.

En effet, cette aventure fit quelque bruit dans la ville. On s'en amusa dans les cafés, et lorsque Geronimo retourna pour la première fois à Saint-Jean-Teduccio, la belle veuve lui donna son front à baiser en lui disant :

—Si votre adversaire n'eût pas été un poltron, vous vous seriez battu pour moi. Je m'en souviendrai, mon ami.

— Oui, ajouta la vieille tante. Embrassez-moi, don Geronimo. Vous êtes un gentil garçon, et de plus un homme de cœur. J'aime ces gens-là. Quand vous aurez une femme, elle pourra se croire en sûreté à votre bras. Il n'en est pas de même avec les beaux esprits et les *don Limone*. Je n'en veux pas dire davantage, et tant pis pour ceux et celles qui ont des oreilles et ne m'entendent point.

VII

Si la fortune n'aimait que les audacieux, notre
ami Geronimo n'aurait pas eu grande protection à
espérer d'elle ; mais elle protége aussi les jeunes
gens, et, comme le disait la vieille tante, elle dis-
tingue volontiers les jolis garçons. Cette remarque
judicieuse de dame Filippa pourrait faire un troisième adage populaire, complément des deux premiers. Il est certain que notre abbé se trouva, un
beau jour, débarrassé de tous ses concurrents,
non par habileté ni par intrigue, mais grâce à sa

petite dose de courage et à la protection spéciale de la Madone, qui voulait le mener dans une bonne voie. Les deux beaux esprits, n'ayant reçu que des réponses ironiques et décourageantes à leurs belles phrases, jugèrent Lidia trop insensible aux beautés de l'éloquence pour mériter leurs hommages. Les deux *don Limone*, profondément humiliés depuis l'affront du *Café de l'Europe*, pensant se mettre en garde contre le ridicule, se permirent des plaisanteries sur les façons de Lidia et les airs bourgeois de la tante. De bonnes âmes ne manquèrent point de répéter ces propos et de les envenimer. La jeune veuve les apprit et ferma sa porte aux mauvais plaisants, si bien que de tant d'amoureux il ne vint plus à Saint-Jean-Teduccio que notre petit abbé, toujours d'humeur douce et complaisante, point susceptible, et d'autant mieux reçu qu'il était le dernier et le plus fidèle. Lidia le traitait avec familiarité, comme un ami sans conséquence; mais le lampiste et la tante ne doutaient pas que l'amitié ne dût bientôt donner naissance à un sentiment plus tendre.

En attendant Geronimo passait les journées près de la jeune veuve. Il dînait souvent à la maison, jouait aux cartes avec les grands parents, menait la famille aux spectacles et aux fêtes, et se trouvait invité à toutes les parties de plaisir.

Il jouissait, d'ailleurs, des priviléges que sa position comporte en Italie, et dont les plus beaux consistent à porter en public l'ombrelle, le châle de la dame, et généralement toutes sortes de paquets, à faire les commissions et le déjeuner du chat, préserver madame des courants d'air, appeler les cochers, payer les rafraîchissements et gronder les barcarols.

L'oncle de notre abbé, au moment du départ de son neveu pour Naples, avait sans doute exagéré, dans ses avis, les dangers qui environnent un jeune homme au milieu du tourbillon de cette capitale-Son point de vue de vieillard prudent et de Biscéliais avait grossi les objets; cependant, ees paroles sévères sur les femmes n'étaient pas absolument fausses. Les Napolitaines sont intelligentes, douées d'une présence d'esprit peu commune, mais elles sont aussi volontaires, railleuses, impitoyables à ceux qui leur déplaisent, hostiles dans le propos avec ceux qu'elles aiment, comme si elles leur savaient mauvais gré d'avoir su se faire préférer. Le goût du commandement et de la domination en toutes choses donne la clé de leur caractère qui trompe le moins souvent, et c'est peut-être par tradition, sinon par nature, que la plupart des hommes de ce pays adoptent un langage moitié sérieux et moitié comique, dont ils se font un moyen d'éveiller la coquetterie et de battre en retraite, en cas d'échec. Le bon Geronimo était de Bisceglia. Il ne savait point prendre le ton léger des Napolitains, qui, même en cherchant à peindre leur passion, conservent leur indépendance et leur gaieté. Quand il parlait de son amour, c'était de l'air le plus sincère et le plus pénétré qu'il pouvait.

Sans avoir à un degré bien marqué les défauts des Napolitaines, Lidia était brusque, inégale, taquine. L'empressement à la servir n'obtenait point d'elle ces récompenses délicates qu'une Française distribue avec tant d'art; elle interrompait en riant les protestations de dévouement, n'appuyait avec force que sur les preuves de son indifférence, pour glisser au contraire sur les mots gracieux dont la simple politesse lui faisait un devoir. Geronimo n'avait pas su dire, après trois mois d'assiduité, s'il avait gagné ou perdu dans l'amitié de sa belle. Lidia ne pouvait se passer de lui; elle aurait été stupéfaite, s'il eût manqué de venir un seul jour, et nul signe de sympathie ne témoignait d'une façon un peu expressive cet heureux effet de l'habitude.

Quand l'hiver arriva, Lidia revint à la ville; Geronimo ne bougea plus de chez elle, et fit en conscience son métier de *patito* (1). Ses petits

(1) Le mot de *patito* équivaut à peu près à celui de *patira*; mais en Italie on ne l'applique qu'aux amoureux sans appointements.

soins redoublèrent, sans qu'on le traitât mieux pour cela, et il aurait bien pu rester ainsi jusqu'à sa mort à l'état d'aspirant surnuméraire, si un incident n'eût changé les rôles et les situations. Un jour de la fin de janvier, par une de ces matinées claires et douces dont le ciel de Naples est si prodigue, la jeune veuve eut la fantaisie de faire une promenade à Sorrente. Aussitôt qu'elle eut déterminé maître Michel, le lampiste, à quitter sa boutique et la vieille tante à se parer, don Geronimo fut chargé du reste. On prit le chemin de fer de Castellamare, dont les convois parcoururent quatre lieues à l'heure, à moins que le mécanicien n'ait oublié de mettre de l'eau dans la chaudière, ou qu'un autre menu détail ne retarde le voyage. On loua une calèche de campagne, pour faire les deux lieues qui séparent Castellamare de Sorrente, en suivant le bord de la mer par la route la plus belle et la plus pittoresque du monde. En arrivant à Sorrente, on y trouua la bande des âniers, offrant leurs montures aux promeneurs avec les cris et les contorsions d'usage. Dame Filippa et sa nièce s'établirent chacune sur un *siuccio*, et l'on grimpa dans la montagne pour y chercher quelque beau point de vue. On n'eut pas plutôt fait deux cents pas dans un sentier, que la tante Filippa, serrant la bride de son âne, appela maître Michel et le retint en arrière. L'ânier comprit, avec la sagacité de son métier, que les parents ménageaient un tête-à-tête aux jeunes gens, et il s'écarta de la route pour chercher des fleurs sauvages. Don Geronimo, une main posée sur la croupe du *siuccio* qui portait ses amours, jouait de l'autre avec sa badine, et gardait le silence. A la fin, il poussa un gros soupir, et, regardant Lidia d'un air tendre :

— Est-ce que cette nature, qui commence à s'éveiller, lui dit-il, ce zéphir qui vient de Sicile, ces parfums du printemps ne parlent point à votre cœur, belle Lidia ?

— Si fait, répondit la jeune veuve; la nature me dit beaucoup de jolies choses, mais je vous avertis qu'elle ne me parle pas de vous dans ce moment, et sans doute vous n'avez déjà plus envie de savoir à quoi je pense ?

— Vous ne me rendez pas justice, reprit Geronimo. Quelles que soient vos réflexions, je serais trop heureux de les connaître.

— Afin de pouvoir ensuite me communiquer les vôtres, n'est-ce pas? Eh bien! cela est inutile; je devine tout ce que vous grillez de me dire, et je vais vous le répéter mot à mot. Voici ce que c'est : O divine Lidia ! regardez ce ciel pur, ces rochers où l'aloès et le figuier d'Inde se pressent amoureusement l'un contre l'autre ; écoutez le murmure du vent dans les rameaux de ce chêne vert qui vous invite à vous asseoir à son ombre les voix qui s'élèvent du sein de la mer, où les dorades folâtrent au soleil, ces insectes qui bourdonnent sous l'herbe et la mousse, tout cela veut dire que don Geronimo se meurt d'amour pour vous, et qu'il faut vous dépêcher de lui donner votre cœur.

— Vous voulez me décourager par des plaisanteries, dit Geronimo, mais vous n'avez point deviné à quoi je songe ; il y a bien autre chose encore.

— Alors vous me préparez une tirade de reproches où vous me rappellerez obligeamment les petits services que vous m'avez rendus, les petits martyres que je vous fais endurer, les dangers que vous avez courus pour mes beaux yeux, et, après avoir appuyé sur l'horreur de l'ingratitude, vous ajouterez avec douceur que vous me pardonnerez ces torts affreux, si je consens à vous appeler du nom de très-heureux époux. Je sais tout cela par cœur, et au lieu d'en écouter une nouvelle répétition, je préfère regarder les lézards, qui courent devant nous, les oreilles de mon *ciuccio* et l'ombre de votre chapeau à cornes.

— Comme il vous plaira ; mais vous ne devinez pas à quoi je songe.

— Je m'en passerai bien.

— J'attendrai donc que vous soyez en disposition de m'écouter, car ce sont des choses qu'il faut que vous sachiez. J'aurais souhaité vous les dire ici, dans l'espoir de vous trouver disposée à l'indulgence par cette belle journée. Ce sera pour une autre fois.

— Parlez, seigneur Geronimo; j'ai le loisir de vous entendre, et mon indulgence égalera la docilité de mon âme.

— Eh bien! Lidia, lorsqu'un vaisseau s'est fendu sur des écueils, lorsqu'il échappe aux fureurs de la mer et qu'il rentre au port, si l'on ne tient compte des dangers et des épreuves qu'il vient de subir, il peut lui arriver de sombrer au moment où l'on s'y attend le moins. Le cheval épuisé meurt à la peine, si son maître ne lui donne après le travail le repos et la nourriture...

— Ce début est solennel, interrompit Lidia. Je vois où mènent ces comparaisons. Votre cœur est semblable à un vaisseau fêlé aussi bien qu'à un cheval fourbu.

— Ingrate, injuste, impitoyable femme! s'écria Geronimo en jetant ses bras en l'air. Ne trouverai-je donc jamais un peu de bonté dans votre âme? Quel moment du jour, quel jour de l'année faut-il choisir pour vous parler d'un amour que vous poussez au désespoir? Ne vous ai-je pas donné assez de preuves de mon dévouement et de ma persévérance ? Ce n'est plus la tendresse qui me manque, ce sont les forces; mon courage est à bout. C'est aujourd'hui qu'il faut me répondre sérieusement; demain il ne sera plus temps.

— Oh ! dit la jeune veuve, j'avais tort de m'attendre à des reproches; ce sont des menaces que vous me faites. Vous savez l'effet qu'ont produit sur moi celles de don Giacomo. Jugez donc de ma partialité pour vous, puisque je ne vous traite pas avec la même sévérité que le Calabrais. La réponse sérieuse que vous demandez, on vous la fera tout de suite : si les forces vous manquent et si votre courage est à bout, j'en suis bien fâchée, mais je ne puis prendre un mari sans l'aimer, et je ne vous aime point assez pour vous épouser. Croyez-vous, sans cela, que j'attendrais ainsi des semaines et des mois? Vous me voyez à votre aise tous les jours et du matin au soir. Qui vous empêche de m'inspirer de l'amour? Vous n'en savez rien, ni moi non plus. Ne vous suffit-il point, que je ne préfère personne ? Si vous désespérez de me toucher le cœur, ce n'est pas ma faute. Aussitôt que je partagerai votre passion, vous le verrez de reste. M'interroger est inutile. Renfoncez donc vos menaces, votre colère et vos plaintes, et arrêtons-nous ici; ce point de vue magnifique vous calmera les sens.

Lidia sauta légèrement à terre sur une petite

esplanade d'où l'on découvrait le golfe de Salerne
et son vaste panorama ; mais l'exaltation de Geronimo ne s'apaisa point.

— Nature sublime ! s'écria-t-il en pleurant, je
te prends à témoin de mon dernier effort et de
l'insensibilité de celle pour qui je donnerais ma
vie.

— Ne criez pas ainsi, dit Lidia ; vous êtes bien
plus gentil quand vous parlez à demi-voix, comme
tout à l'heure.

— C'est la volonté divine, poursuivit Geronimo, qui se fait connaître dans cette insensibilité
funeste. Je lui obéirai. O douleur ! ô déception ! ô
salutaire découragement ! Je retournerai où le
ciel veut me conduire.

— Allons ! dit Lidia en riant, le voilà qui songe
à retourner à Bisceglia, comme le *Pangrazio Cucuzziello* (1).

L'arrivée des parents interrompit la conférence
des jeunes gens. L'état violent et les larmes de
Geronimo n'échappèrent pas au coup d'œil de la
vieille tante. Lorsque la compagnie eut bien ad-
miré le point de vue du golfe de Salerne, les dames remontèrent sur leurs ânes pour reprendre

(1) Le public de San-Carlino met un accent de malice
et de gaieté tout particulier dans ce mot de *cucuzziello*,
qui signifie littéralement *cornichon*.

le chemin de Sorrente. En descendant la móntagne, dame Filippa fit signe à Geronimo de rester derrière avec maître Michel, et, s'approchant de Lidia :

— Ma nièce, lui dit-elle, vous chagrinez à plaisir un honnête garçon qui vous aime. C'est fort mal fait. Prenez-y garde, cela porte malheur. Il est temps de finir ce jeu cruel que la charité chrétienne et la raison condamnent également. Vertu de la Madone ! de quelle pâte sont donc pétries les filles d'aujourd'hui ? De mon temps, on ne tourmentait pas ainsi les hommes. À l'âge que vous avez, si l'on m'eût laissée trois mois entiers en tête à tête avec un amoureux, le pied aurait pu me glisser, parce que j'avais la tête vive, le cœur tendre et pitoyable, et c'est pourquoi, connaissant le danger, je me suis mariée soudain avec le premier qui m'a trouvée à son goût, et cela sans attendre dix-huit ans, je vous en réponds.

— Chère tante, répondit Lidia, vous avez fait comme il vous a plu, et fort sagement, j'en suis certaine. Souffrez que je fasse autrement. Les filles de votre temps étaient bien meilleures que celles d'aujourd'hui, cela est évident, que voulez-vous ? Il ne dépend pas de moi que j'aie cinquante ans. Puisque je suis pauvre d'années et que je ne crains pas les glissades, permettez-moi de ne

8

contracter un second mariage qu'à bon escient, et ne me grondez pas.

— Pauvre d'années, pauvre de raison et d'expérience, ma toute belle ! reprit dame Filippa. Je ne te gronde pas, et je ne songe qu'à ton bonheur. Ces coquetteries, cette humeur fantasque, ne conviennent pas à une bonne fille comme toi. Est-ce une mode nouvelle ? Cette mode ne vaut rien. Il te faut un mari : regarde donc combien l'étoffe en est rare. Ta jeunesse et ta beauté ont attiré à la maison des parleurs à prétention, des *don Limone*, un *guapo* ; celui-ci ne leur ressemble pas ; il t'aime à la folie. C'est assez réfléchir et différer ; prends tout de suite ce jeune mari, ou bien on te le soufflera. Je m'y connais : ce garçon-là n'en peut plus. Il n'ira pas loin. N'attends pas à dimanche ni à demain ; laisse-moi lui dire à l'instant même que nous sommes d'accord.

— De grâce, ma tante, point de précipitation. Si vous protégez don Geronimo, que ne l'épousez-vous ?

— Ce serait sottise à moi de le prendre, sottise à vous de le refuser, ma nièce. Encore une fois, je veux ton bien ; je vois clair ; je sens qu'il est temps de cesser la coquetterie et les badinages. Tu n'écoutes point ? A bientôt les regrets !

Comme s'il eût deviné ce que disait dame Filippa et l'inutilité de ses bons offices, Geronimo ne chercha plus à se rapprocher de Lidia pendant le reste de la promenade. Il marchait de son côté, la tête penchée, les regards fixés sur ses bottes, se parlant à lui-même et poussant les cailloux avec son pied d'un air mécontent. Le retour à Sorrente s'acheva tristement et en silence, ce qui n'arrive pas une fois l'an à un couple d'amoureux napolitains. Tandis que maître Michel commandait le dîner, Geronimo erra dans ce jardin de la *Sirène*, et s'assit au bord de ce rocher à pic dont la mer baigne le pied. Lidia vint l'y rejoindre au bout d'un moment.

— Vous êtes donc furieux contre moi? lui dit-elle; vous me boudez. Allons, beau paladin, je vous apporte la paix. Après tout, il n'y a pas encore grand temps de perdu. Un délai de trois mois n'est pas la mort d'un homme.

— Ne riez pas, répondit l'abbé; la mort, au contraire, la mort ou l'Église; je n'hésite plus qu'entre ces deux partis. Vos motifs sont excellents : vous ne m'aimez point ; je suis Biscéliais, je ressemble à don Pancrace; il n'y a rien à dire à cela ! Puisque cent preuves d'amour, les sacrifices, les efforts, la fidélité, le dévouement, ne comptent pour rien.

— Pardon, cher seigneur, interrompit la jeune veuve; mais de quels sacrifices, de quelles preuves d'amour parlez-vous ? Avez-vous donc conquis la terre sainte, refusé la main de la reine de Chypre ou la vice-royauté de Sicile pour ne point me quitter? Avez-vous reçu une égratignure à mon service ou couru d'autre danger que celui de verser en fiacre, en allant à la porte Capuane? Il n'y a personne de blessé jusqu'à présent, et les morts se portent à merveille.

— Ce n'est point ma faute, s'écria Geronimo, ni la vôtre non plus, si je suis encore en vie. Regrettez-vous que je n'aie pas une blessure dans le corps ou une maladie mortelle? Dites-le, je vous en donnerai le plaisir.

— Fanfaronnades inutiles et belles paroles! reprit Lidia. Prenez garde que je ne sois tentée de mettre à l'épreuve ce grand mépris de la vie.

— Sur mon salut! faites-le, s'écria Geronimo, et vous saurez, en me perdant, si je vous aimais; faites-le, je vous en défie!

— Vous le voulez? J'y consens. Savez-vous nager?

— Sans doute.

— Eh bien! sans vous exposer à la mort, je suis curieuse de voir si vous oserez prendre un bain tout habillé. Jetez-vous dans la mer, non pas de cet endroit où il y a trente pieds d'élévation, mais de ce rocher qui s'avance là-bas au-dessus de l'eau, et qui n'a pas deux toises de hauteur, Vous balancez... vous devenez pâle... vous avez peur... Rassurez-vous, je n'insiste point. Que cette leçon vous profite, et ne parlez plus de dangers, d'épreuves, de blessures et de mort, car je vous répondrai par le bain de mer.

Geronimo se mordit les ongles et frappa du pied, et puis il lança son chapeau en l'air, ôta son habit et courut se poser sur le petit rocher. Avant de se précipiter dans l'abîme, comme l'infortunée Sapho, il se retourna, pour regarder sa maîtresse d'un air suppliant et indigné.

— La tête la première! lui cria la cruelle en riant.

Il se jeta en effet la tête la première, fit un plongeon et regagna la rive en nageant; mais à peine eut-il remis pied à terre, qu'il tomba sur le gravier du rivage et demeura sans mouvement. Lidia, qui le vit chanceler, comprit qu'il s'était fait quelque blessure. Elle devint pâle à son tour, et descendit avec empressement au bord de l'eau.

— Qu'avez-vous, mon ami? lui dit-elle en s'agenouillant près de lui.

— Peu de choses, répondit l'abbé avec un sourire de désespoir, peu de chose, madame : un bras cassé seulement. L'eau n'était pas profonde, et j'ai touché le fond. Qu'est-ce que cela en comparaison de la conquête du saint sépulcre? Quand je ne serai plus, priez pour moi; je sens que je m'en vais... Adieu, Lidia... vous êtes cause de ma mort. Il eût mieux valu m'épouser que de pleurer sur ma tombe.

Geronimo poussa un gémissement douloureux et s'évanouit. Cette fois, ce n'était point de frayeur qu'il perdit connaissance. Le poignet foulé enfla ; les muscles du bras devenaient noirs par l'effet de la contusion. La jeune veuve se mit à pousser des cris aigus en appelant du secours, et maître Michel accourut, suivi de loin par la tante Filippa. On eut bien de la peine à transporter le malade à l'hôtel. Tandis que la servante éplorée cherchait un médecin, Geronimo, mouillé, transi, grelottant, souffrant de sa blessure, ouvrit des yeux inondés de pleurs.

—Ne pleurez point, mon ami, lui dit Lidia, vous serez bientôt guéri. Je vous soignerai, je vous consolerai, je ne vous tourmenterai plus. Je maudis mes caprices et ma mauvaise tête, et j'espère à force de soins, de tendresse et de douceur, vous faire oublier ce triste jour.

—Il est trop tard, madame, répondit Geronimo, cela coûte trop cher. L'amour s'est envolé de mon cœur ; il n'y rentrera plus. Je renonce à vous et au mariage, et je demeure homme d'Église.

— Nous y voilà ! s'écria la tante. Que vous disais-je, ma nièce ? Que ces jeux-là finiraient mal pour vous-même. Vous avez si bien tendu la courroie, qu'elle s'est rompue. Tirez-vous de là, maintenant, donnez à votre tour quelque bonne preuve d'attachement : voyons, parlez ; vous qui avez la langue si bien pendue quand il s'agit de persiffler les gens, ne trouverez-vous rien à dire pour exprimer votre amour ?

— Il est trop tard, répéta Geronimo : l'amour m'a précipité au fond de la mer, je n'en veux plus entendre parler. Cette expérience me servira. La volonté du ciel sera faite. Abandonnez, madame, un malheureux qui n'a pas su vous plaire, et que votre cruauté a guéri de sa folie. Je ne m'appartiens plus ; je suis désormais tout à Dieu et à l'Église, ma sainte mère.

VIII

Telle est, selon toute apparence, poursuivit le docteur, la fin des amours de mon malade. Les pleurs et le repentir de Lidia ne purent ébranler ses sages résolutions. De peur de se laisser toucher, il repoussa les soins que la jeune veuve lui voulait donner, en quittant cette auberge, lorsque j'eus posé le premier appareil sur sa blessure. Il loua une maisonnette dans le village, et donna pour consigne à la servante de n'ouvrir la porte à aucune femme. Le bon vieux chanoine qui l'avait introduit dans la famille de maître Michel vient ici deux fois par semaine visiter le malade, le fortifier dans ses pieux desseins , et lui apporter les encouragements et les éloges du haut clergé , qui s'est ému de ce retour à la dévotion , et présente cette aventure comme un petit miracle. Geronimo ne pardonnera jamais à l'amour de l'avoir mouillé, meurtri et mis en danger de se casser le cou. Sa passion paraît avoir changé d'objet. Je ne m'étonnerais point s'il devenait à présent un prêtre parfait et de mœurs exemplaires.

Je remerciai le docteur de son récit, et je l'invitai à venir manger sa part du souper projeté pour le lendemain. Après avoir fait la promenade obligée dans les montagnes , en compagnie d'un ânier, je retournai le soir à Naples, par le chemin de fer , et j'arrivai à temps pour assister à la représentation de la *Linda* , chanté par madame Tadolini.

Bien des étrangers ont pu vivre longtemps à Naples sans avoir eu l'occasion de visiter les marchands de *pizze*. A l'entrée de la rue de Tolède est une petite ruelle appelée *vico del Campaniello*, où les plus fameux de ces marchands ont établi leurs fours, dont les flammes illuminent toute la rue de lueurs infernales. La grande salle de chaque boutique est divisée en cabinets de société par des cloisons minces qui ne s'élèvent pas jusqu'au plafond. Un rideau ferme l'ouverture de ces cabinets. C'est là que viennent s'attabler, pendant une partie de la nuit, les consommateurs de toutes les conditions. A la sortie de l'Opéra, beaucoup de carrosses s'arrêtent dans la petite rue du *Campaniella*. Plus d'une compagnie élégante daigne descendre dans ces tavernes populaires. La *pizza* est un gâteau de pâte ferme garni de poissons. Vous désignez parmi ces galettes de différentes grandeurs celle qui vous paraît à la mesure de votre appétit. Le fournier introduit le gâteau choisi dans son four, et le rapporte cuit et brûlant au bout de quelques minutes. Les huîtres, les olives et les fruits composent les entrées et hors-d'œuvre du souper, dont la *pizza* forme le morceau de résistance.

Don Geronimo, le vieil oncle et le docteur français furent exacts au rendez-vous. Le jeune abbé, qui connaissait les bons endroits, nous conduisit chez le marchand de *pizza* le plus achalandé qui fût à Naples. Nous nous régalâmes d'huîtres excellentes du lac Fusaro, arrosées de vin de Capri. Mes deux hôtes biscéliais choisirent des gâteaux d'une largeur imposante, et sur lesquels on rangea vingt-quatre poissons comme des rayons de soleil. Le médecin et moi, qui n'étions point de la paroisse, nous nous contentâmes de galettes à six poissons, et encore nous eûmes toutes les peines du monde à en voïr la fin, tant cette lourde pâte nous engouait. Don Geronimo mangea son énorme portion d'un air de sensualité tout à fait réjouissant. Il en était à son dernier poisson , lorsqu'un enfant, soulevant le coin du rideau, présenta sa mine éveillée par l'ouverture, et se mit à parler au jeune abbé avec une pétulance ineroyable.

— Avez-vous compris ? me dit le docteur en français.

— Pas un mot, répondis-je.

— Ce bambin est l'illustre Antonietto dont je vous ai raconté les prouesses. Il vient avertir Geronimo que Lidia, informée de son retour à Naples, l'a fait suivre par un *farchino*; et qu'elle l'attend à la porte de cette taverne dans un fiacre pour le saisir au passage. Nous allons assister à quelque scène de comédie.

— Antonietto, dit l'abbé ; va-t'en dire à la signora que je suis ici avec mon oncle et deux étrangers, que je la prie de nous laisser souper tranquillement et de ne point faire un éclat. Tu lui diras encore qu'elle prend une peine absolument inutile, que je ne veux et ne dois plus la voir, que ma détermination de ne jamais me marier est inébranlable. Dis-lui bien cela , et ne reviens pas qu'elle ne soit partie.

Le groom disparut, mais au bout d'une minute le coin du rideau se souleva de nouveau.

— Excellence, dit Antonietto, la *contessine* ne veut pas se retirer sans avoir parlé à vous-même. Elle pleure et ne m'écoute pas.

— Va lui dire, repait l'abbé, que je suis sorti par une porte de derrière.

— La *signorina*, répondit le groom, sait bien qu'il n'y a point de porte de derrière.

— Eh bien ! dis-lui que, si elle me persécute ainsi, je maudirai le jour où je l'ai rencontrée à Sainte-Marie del Carmine, et que j'en serai réduit à partir pour Rome.

— Cela ne lui fera rien, Excellence ; elle vous attendra dans son carrosse.

— Sortons donc tout de suite, tandis qu'il n'y a pas encore trop de monde ici.

Don Geronimo se leva et prit son chapeau en murmurant contre les caprices et l'obstination des femmes.

— Messieurs, dit-il, je suis désolé de ce contre-temps qui interrompt notre charmant souper. Je retrouverai une autre fois l'honneur de votre compagnie. Devant le scandale dont je suis menacé, je ne vois qu'un parti à prendre, celui de la fuite.

L'abbé sortit à grands pas et posa sa tête à la portière du fiacre en disant d'un ton sévère :

— Madame, je vous le répète pour la dernière fois : je suis homme d'Église.

Et il se sauva le plus vite qu'il put jusqu'à la rue de Tolède, où il se perdit dans la foule. La jeune veuve s'était élancée hors du carrosse à la poursuite de Geronimo ; mais elle ne put le rejoindre et revint tout en pleurs saisir le bras du médecin.

— Cher docteur, lui dit-elle, est-il donc vraiment possible que ce méchant, cet ingrat ne m'aime plus ? Lui qui m'a entretenue de son amour, soir et matin, pendant six mois, sans manquer un seul jour de venir s'asseoir à mes côtés ! lui qui ne ramassait jamais le dé ou le peloton de fil que je laissais tomber sans y déposer un baiser avant de me le remettre ! il ne veut pas seulement m'écouter ! Est-il possible de mépriser ainsi une femme qu'on adorait à l'égal d'un ange des cieux ? Faut-il que je fasse une pénitence, que je m'humilie, que je me mette à l'eau, à mon tour, pour obtenir mon pardon ? Je suis prête à tout, résignée à tout, excepté à la perte de mon petit Geronimo. Non, cela ne se peut pas. Il est trop beau, trop aimable : je l'aime trop. Docteur, docteur, intercédez pour moi.

Lidia s'arrêta suffoquée par les sanglots. Un tremblement nerveux agitait toute sa personne. Elle prit à deux mains le bras du docteur et lui posa son front sur l'épaule en pleurant avec un abandon plein de grâce et de candeur.

— Mon enfant, lui dit le médecin, remettez-vous. Ne faites point d'éclat en public ; vous vous en repentiriez plus tard.

— Que m'importe le public ? s'écria-t-elle. Que toute la terre connaisse mon chagrin, mes fautes et mes regrets, et que Geronimo me pardonne ! Ah ! sotte que je suis d'avoir maltraité un homme que j'aimais ! C'est le bon Dieu qui me punit. Oui, j'ai mérité cela par mes dédains et ma cruauté ; mais le mal que j'ai fait m'est cent fois rendu. Hélas ! *pauvre moi !* que vais-je devenir, seule au monde, dans ce grand univers si vide et si sombre depuis que j'ai perdu mon Geronimo ?

— Allons, reprit le docteur, ne pleurez pas. Je vous promets de parler à Geronimo, de lui demander une entrevue, et, s'il consent à vous voir, je ne doute point que mon amour ne se réveille.

— N'y comptez pas, dit l'oncle biscéliais : mon neveu est homme d'Église.

Lidia quitta le docteur et s'empara vivement du bras du vieux Biscéliais.

— Vous êtes son oncle ! s'écria-t-elle. Ah ! ne vous mettez pas contre moi. Je suis assez à plaindre. Ayez pitié d'une pauvre femme déchirée par ses regrets. Votre neveu ne perdra rien à m'épouser. Je suis riche. Mon premier mari m'a laissé du bien, et mon père, qui gagne plus de mille ducats l'an à vendre des lampes, n'a pas d'autre enfant que moi. Dame Filippa, ma tante, donnerait tout de suite la moitié de sa fortune pour m'empêcher de pleurer seulement, car elle est généreuse autant que sage. Hélas! que n'ai-je écouté ses avis! Très-cher oncle, acceptez-moi pour votre nièce; je vous aimerai comme si j'étais votre fille; je vous caresserai, je vous servirai le café moi-même, et je le fais par l'ancienne méthode italienne, en le laissant reposer sur le marc, ce qui est bien préférable à tous les nouveaux systèmes. Demandez à maître Michel, mon père, s'il lui a jamais rien manqué quand je menais sa maison. Et à votre âge, n'est-il pas plus doux de vivre en compagnie d'enfants qui vous chérissent que d'être soigné par des servantes mercenaires? J'animerai votre intérieur, ou bien vous viendrez dans le nôtre. Un jeune ménage bien uni, cela réjouit les bons vieillards. Je vous égayerai avec mes chansons et mes rires, et que je sois maudite si je prends une minute de repos avant qu'on vous ait servi, et je vous verserai moi-même le verre de muscatelle qui vous réchauffera le cœur, et il faudra voir le sabbat que je ferai, si l'on oublie de vous donner de l'eau pure comme du cristal. Et au lieu de vous en aller mourir dans la solitude à Bisceglia, séparé de votre neveu par l'Église, vous serez entouré de petits enfants qui vous regarderont avec leurs grands yeux, en vous appelant *zio carissimo*, dès qu'ils sauront parler, et ils ressembleront trait pour trait à leur papa, et vous les ferez sauter sur vos genoux en disant : « Oh ! que je fus bien inspiré le jour que, dans le *vico del Campaniello*, je me laissai attendrir par les pleurs de cette pauvre Lidia, qui est aujourd'hui ma nièce chérie et m'a tout environné de ces créatures si gentilles et si caressantes ! »

Tandis que Lidia déroulait avec une rapidité pleine de grâce et de passion ce tableau de famille, une grimace semblable à un sourire crispait les lèvres du bon Biscéliais, et une petite larme essayait de passer entre ses cils gris.

— Ne résistez point, lui dis-je, vous êtes ému, et il faudrait avoir un cœur de bronze pour voir sans pitié une douleur si touchante.

— Voyons, ajouta le docteur, tout peut s'arranger encore. Embrassez cette charmante nièce que le ciel vous envoie.

— Ma foi, c'est dit ! s'écria le vieillard en pressant la jeune femme entre ses bras. Soyez ma nièce et ma fille. Je vais parler à Geronimo, et demain vous aurez de mes nouvelles.

La jeune veuve remonta dans son fiacre toute palpitante de joie ; nous conduisîmes le vieux Biscéliais chez son neveu, en concertant et préparant le long du chemin cette importante négocia-

-tion. Geronimo écouta gravement le récit de son oncle ; il nous laissa parler tous trois sans répondre ; à la fin , quand nous eûmes épuisé nos derniers arguments en faveur du mariage :

— Une nuit de réflexion, nous dit-il, m'est nécessaire. Demain j'aurai pris une résolution définitive. Revenez à midi, et vous irez ensuite chez la signora pour lui faire part de mes projets. Je vous promets d'examiner le pour et le contre avec soin et de porter dans la balance son chagrin, ses regrets, les égards que je lui dois, les désirs de mon oncle, l'intérêt que vous témoignez tous à cette personne malheureuse , et même mon ancien amour, que je ne chercherai point à étouffer, si la nature et la faiblesse humaine font entendre leurs voix.

Le lendemain , j'arrivai chez l'abbé un quart d'heure après-midi, L'oncle et le docteur se promenaient dans la cour de la maison. Ils me présentèrent une lettre ouverte , où je lus ce qui suit :

« Très-cher oncle, je me suis levé de grand matin, encore indécis , malgré une nuit d'insomnie et de méditation. Je me suis rendu chez mon pieux et vénérable protecteur, pour soumettre le cas grave où je me trouve à sa haute prudence. Il m'a ordonné de fermer mon âme aux conseils des hommes livrés aux passions du monde et d'obéir au cri de ma conscience. Le ciel m'appelle, et je deviendrais coupable en hésitant un jour de plus. Naples étant désormais pour moi un lieu d'embûches et de tentations, je pars à l'instant pour Rome, et j'y étudierai la théologie pendant trois ans, au bout desquels j'aurai le bonheur d'être ordonné. Mon protecteur ajoute à mon bénéfice une pension de cinq cents ducats pour mes frais de voyage et de séjour. Allez vous-même instruire de mon départ la personne que cette nouvelle intéresse. Parlez-lui avec douceur. Dites-lui de m'oublier, de se consoler, et de se réjouir en bonne chrétienne de me savoir au service de Dieu. Vous lui répéterez ensuite, pour la dernière fois, que je suis irrévocablement homme d'Eglise. Dites au seigneur français et à mon très-habile docteur qu'à notre première rencontre, ma robe et mon ministère ne m'empêcheront point de leur offrir un souper avec des huîtres chez le marchand de *pizze* ou ailleurs. L'honnête plaisir de leur compagnie est de ceux qu'un bon prêtre peut se permettre. Adieu, très-cher oncle, me voici échappé aux *don Limone* et aux Napolitaines. Ne craignez plus rien pour votre respectueux et dévoué neveu, etc. »

A la nouvelle de cette fuite précipitée et du pieux dessein dans lequel Geronimo paraissait inébranlable, la pauvre Lidia poussa des cris déchirants. Elle pleura, durant une semaine, à se noyer dans les larmes ; l'emportement de sa douleur alla jusqu'à inquiéter ses amis pour sa santé. Au théâtre San-Carlino, on la vit plusieurs fois sangloter, tandis que les lazzi du Pancrace biscéliais provoquaient dans la salle des explosions de rires. Deux mois s'étaient écoulés depuis le départ de Geronimo , lorsqu'elle rencontra sous le portique de Saint-Janvier un beau jeune homme qui lui offrit de l'eau bénite avec une grâce et un air de déférence dont elle fut troublée. Ce jeune homme la suivit, s'informa qui elle était, se fit présenter à la famille, obtint l'agrément de maître Michel et la protection de dame Filippa. Il avait une petite fortune, de l'éducation , un bon caractère et un visage d'Adonis, tout comme Geronimo. Il épousa la belle veuve , et lui rendit soudain la gaieté , l'appétit, la pétulance et le goût du plaisir qu'elle avait un moment perdus. Aujourd'hui Lidia mène la vie la plus agréable que puisse souhaiter une Napolitaine. Elle commande à la maison, domine son mari , le querelle une fois au moins par semaine, se réconcilie avec lui dans les vingt-quatre heures, le gronde quand il va au café, ce qui ne l'empêche point d'y retourner aussitôt après , et donne souvent le fouet à ses deux enfants , qui ressemblent fort à leur père.

Ognissanti Geronimo fit ses trois années de théologie à Rome, et revint à Naples avec la soutane. J'ai appris l'an passé qu'il était devenu archi-prêtre et l'un des membres les plus sincèrement dévots du clergé italien. Son éloquence naturelle, réglée par l'étude, a gagné un peu de sobriété. Il choisit volontiers pour sujet de ses sermons le danger du commerce des femmes, les effets salutaires des accidents en matière de grâce divine, et les consolations que la religion réserve aux âmes éprouvées par les passions et le malheur.

FIN.

www.ingramcontent.com/pod-product-compliance
Ingram Content Group UK Ltd.
Pitfield, Milton Keynes, MK11 3LW, UK
UKHW022310070726
13614UKWH00002B/654